L'été de Summerlost

ALLY CONDIE

L'été de Summerlost

Traduit de l'anglais (États-Unis)
par Julie Lopez

GALLIMARD JEUNESSE

*Pour ma ville natale, Cedar City, Utah,
et à la mémoire de mes grands-parents
Alice et Royden Braithwaite*

Titre original : *Summerlost*

Édition originale publiée aux États-Unis
par Dutton Children's Books, un département
de Penguin Random House LLC

ACTE I

1

Notre nouvelle maison avait une porte bleue. Le reste était peint en blanc, avec des bardeaux gris.

– N'est-elle pas magnifique ? a demandé ma mère. Elle est sortie de la voiture la première, suivie de mon petit frère, Miles, puis de moi.

– Vous ne pensez pas que c'est l'endroit idéal pour terminer l'été ? a-t-elle voulu savoir.

Nous allions passer le reste des vacances à Iron Creek, une petite ville dans un désert en altitude, avec des pins et de la neige l'hiver. Il y faisait chaud le jour et froid la nuit. Lorsqu'un orage arrivait, tout noir, gris et bleu, on le voyait venir à un kilomètre.

Je savais que les étoiles apparaîtraient, que la pluie tomberait et que les journées seraient longues et chaudes. Je savais que je préparerais des sandwiches pour Miles et que je ferais la vaisselle avec ma mère. Je savais que je ferais tout ça et que l'été serait pareil et plus jamais pareil.

L'été dernier, nous avions eu un père et un frère et puis ils étaient partis.

Nous ne l'avions pas vu venir.

2

L'une des choses qui nous inquiétait, Miles et moi, et dont nous parlions en chuchotant, le soir, c'était que notre mère retombe amoureuse.

Cela semblait peu probable, parce qu'elle avait énormément aimé mon père, mais l'accident nous avait appris que tout pouvait arriver. Le pire, en tout cas.

Finalement, elle n'est pas tombée amoureuse d'une personne, mais d'une maison. Nous étions à Iron Creek au mois de juin, en visite chez nos grands-parents – les parents de maman – lorsqu'elle a vu le panneau À VENDRE alors qu'elle était sortie faire un tour en voiture. À son retour, elle a murmuré quelque chose à mamie et papi et ils l'ont accompagnée voir la maison, tandis que Miles et moi restions avec notre oncle Nick et sa femme. Deux semaines plus tard, elle a utilisé une partie de l'argent hérité à la mort de mon père, l'argent de l'assurance-vie, pour l'acheter. Comme elle ne devait reprendre son travail de professeur qu'à la fin du mois d'août, elle a décidé que nous finirions l'été à Iron Creek et que nous y passerions tous les étés suivants. Pendant l'année scolaire, nous louerions la maison à des étudiants, car nous n'étions pas vraiment assez riches pour posséder deux maisons.

– Ça nous fera du bien de passer plus de temps avec la famille, a-t-elle déclaré. L'été prochain, on viendra pendant toutes les vacances.

Nous n'avons pas protesté. Nous aimions nos grands-parents. Nous aimions notre oncle et notre tante. Ils avaient connu notre père et notre frère Ben et partageaient certains de nos souvenirs. Parfois, ils disaient même des trucs du genre : « Vous vous souvenez quand votre père a fait une sortie en kayak sur Aspen Lake et qu'il s'est renversé et qu'on a dû aller le sauver en pédalo ? », et alors on se mettait tous à rire parce qu'on avait la même image en tête, celle de mon père avec ses lunettes de soleil pendouillant d'une de ses oreilles, les cheveux tout mouillés. Et ils savaient que la glace préférée de Ben avait été les sorbets arc-en-ciel, et qu'il avait toujours mangé le vert en premier, si bien que la fois où j'en ai vu dans le congélateur de ma grand-mère et où je me suis mise à pleurer, ils n'ont pas demandé pourquoi et je crois même que mon oncle Nick, le frère de ma mère, a pleuré aussi.

– Bien, a dit maman. On va aller choisir nos chambres avant de commencer à défaire les bagages.

– Moi d'abord ! a crié Miles.

Ils sont entrés dans la maison et je me suis assise sur les marches.

Le vent soufflait dans les arbres, très vieux et très grands. J'entendais le camion du marchand de glaces à quelques rues de là et des enfants qui jouaient dans d'autres jardins.

Et alors, un garçon est passé à vélo dans la rue, vêtu de vieux vêtements de paysan. Pas usés, mais rétro. Une chemise à jabot, un pantalon tombant juste sous le genou et un chapeau à plume, alors qu'il avait mon âge. Il ne m'a pas regardée. Il avait l'air heureux.

« Triste, ai-je pensé. C'est tellement triste. Il est bizarre et il ne le sait même pas. »

À vrai dire, mieux valait ne pas le savoir. Mon frère Ben avait été différent et il l'avait su.

Les arbres faisaient un bruit de cascade au-dessus de moi.

– Nous avons tellement de chance, n'avait pas arrêté de nous dire notre mère quand elle avait acheté la maison. Les arbres sur la propriété sont là depuis cinquante ans. Ils sont superbes. On n'en trouve pas beaucoup comme eux en ville.

Je pense qu'elle les avait remarqués parce que mon père avait toujours aimé les arbres.

Nous avions acheté cette propriété aux Wainwright, une famille ayant vécu à Iron Creek sur plusieurs générations. Les enfants avaient tous quitté la région, mais l'un d'entre eux était revenu pour la vente à la mort de sa mère. Même s'il ne voulait pas y vivre, ça lui faisait drôle de s'en défaire. Un jour, il était tombé sur ma mère à l'agence immobilière et lui avait dit : « Ce sera toujours la maison Wainwright. »

Elle nous avait raconté qu'elle avait hoché la tête comme si elle l'approuvait, mais elle n'avait pas perdu de temps pour faire arracher la moquette verte veloutée et faire poncer et vernir le parquet en dessous.

– Je veux garder le cœur et le squelette, avait-elle expliqué. Tout le reste, on peut le changer. C'est nous qui vivons ici désormais.

Elle avait aussi fait peindre la porte d'entrée en bleu.

J'ai entendu la porte en question s'ouvrir derrière moi et maman est sortie.

– Hé ! Cedar.

– Hé !

– Miles a choisi sa chambre. Il y en a encore deux. Tu veux choisir la tienne ?

« Ce n'est pas plutôt toi qui devrais choisir ? » aurais-je voulu demander, mais ça n'avait pas d'importance. Sa chambre pouvait être aussi petite que la nôtre désormais, puisqu'elle n'avait plus à la partager.

– Oui, ai-je répondu, sachant que c'était la réponse qu'elle attendait.

À l'intérieur, la maison était vide, pas encore meublée. Salle de séjour sur la droite, escalier en face de moi.

– Tu veux jeter un coup d'œil en bas, d'abord ? a-t-elle demandé, car Miles et moi n'étions pas encore venus, mais j'ai secoué la tête et commencé à monter.

Arrivée en haut de l'escalier, je me suis arrêtée.

– C'est drôle, non ? a-t-elle lancé. Je les ai laissées en l'état. Je n'ai pas pu m'en empêcher.

Toutes les portes des chambres étaient peintes d'une couleur différente. Une jaune, une violette, une verte. La porte de la salle de bains était rouge.

– Est-ce que les pièces sont de la même couleur à l'intérieur ? ai-je demandé.

– Non. Seulement les portes. Cependant, chaque chambre a quelque chose de spécial.

À ce moment-là, la porte verte s'est ouverte.

– J'ai choisi celle-ci, a annoncé Miles en sortant la tête dans le couloir. Elle a un grand, grand placard. Ça me fait une cachette.

À huit ans, il était encore assez jeune pour se préoccuper de ces choses-là.

– La verte est donc partie, a dit maman.

Je me fichais de quelle chambre j'aurais, mais je savais qu'elle voulait que je décide.

– Je vais prendre celle-ci, ai-je dit en désignant la porte violette au bout du couloir.

– Tu ne veux pas les visiter, d'abord ?

– Non, ça me va. Sauf si tu voulais la violette ?

– Les deux me plaisent. La jaune a une banquette de fenêtre, la violette « une fenêtre diamant ».

Voilà qui réglait le problème. Je savais qu'elle avait toujours aimé les banquettes de fenêtre, et notre vraie maison, dans une banlieue résidentielle de Salt Lake City, à quatre heures de là, était plutôt moderne et beige et n'en possédait aucune.

– Je prends la violette. C'est comme un arc-en-ciel, ici.

– C'est ce qui m'a donné envie de peindre la porte d'entrée en bleu. C'est la seule couleur qui manquait.

De nombreuses couleurs manquaient, en réalité. Le rose. L'orange. Le marron. Le gris. Mais je ne l'ai pas dit.

3

Il s'est avéré qu'une fenêtre diamant n'avait pas une forme de diamant, comme je l'avais supposé. Il s'agissait d'une grande fenêtre normale s'ouvrant vers l'extérieur, mais au lieu de deux grandes vitres, elle se composait de tout un tas de petits carreaux qui, eux, étaient taillés à facettes comme des diamants. Ils m'empêchaient de voir distinctement dehors, ce qui m'a agacée, alors j'ai ouvert la fenêtre. Le vent soufflait dans les arbres, implacable. On aurait dit qu'un océan s'étendait juste derrière ma fenêtre, alors je l'ai refermée.

À cause de cette stupide fenêtre, j'avais l'impression que la maison était une mouche dont les yeux se constituaient d'un million de parties. Et qu'elle me regardait.

J'avais choisi la mauvaise chambre. J'aurais dû prendre la jaune.

Soudain, du coin de l'œil, j'ai vu bouger quelque chose. Quelque chose de gros, de noir, juste devant ma fenêtre.

La chose était dans l'arbre. Je me suis rapprochée d'un pas. Puis d'un autre.

La chose a étiré ses ailes et s'est installée. J'ai au moins distingué ça, même si tout était brouillé et taché et découpé en diamants.

J'ai fait un autre pas en avant.

Je voulais ouvrir pour voir de quoi il s'agissait, mais je ne voulais pas non plus que la chose entre dans ma chambre.

Encore un pas. La chose a tourné la tête.

La porte violette s'est ouverte à toute volée et, faisant volte-face, j'ai vu Miles.

– Viens ! a-t-il lancé. Mamie et papi et oncle Nick et tante Kate sont là ! Ils vont nous aider à défaire les bagages !

J'ai jeté un dernier regard derrière moi, mais cette fois, je n'ai vu que des arbres. La chose avait détourné le regard.

4

– Quelle chambre aurait choisie Ben ? a demandé Miles le lendemain matin, au petit déjeuner.

Ben aimait le bleu, il aurait choisi la bleue, sans le moindre doute, s'il y en avait eu une.

Et alors, j'ai compris la vraie raison pour laquelle nous avions une porte d'entrée bleue.

– Peut-être la mienne, ai-je répondu. Le violet est ce qui se rapproche le plus du bleu.

– Peut-être pas pour Ben, a répliqué Miles.

Il avait raison. On n'avait jamais pu anticiper comment Ben verrait les choses. Il avait possédé sa propre logique.

Il nous était de plus en plus facile de parler de lui, mais ce n'était pas encore ça. Au moins, maintenant, nous y arrivions, mais il restait encore tant de choses à dire, et nous étions tous encore trop fragiles pour nous y risquer.

Après le déjeuner, je me suis assise dehors et j'ai de nouveau vu passer le garçon sur son vélo, et cette fois non plus il ne m'a pas vue. Et il portait encore les mêmes vêtements et il avait toujours l'air heureux.

Le lendemain, même chose. Garçon, vélo, vêtements, air heureux.

Dans ma famille, on n'insulte pas les gens parce que parfois, des gens avaient insulté Ben et on avait tous détesté ça.

Quand il était plus jeune, il ne s'en rendait pas compte, mais à neuf ans, l'année de sa mort, il s'était mis à le remarquer chaque fois. On le voyait alors cligner des yeux. Il avalait. Et ensuite, allez savoir ce qu'il en faisait. Ce qu'il ressentait.

Voici un de mes défauts.

Parfois, je donne des noms méchants aux gens, dans ma tête.

Je ne le fais pas pour être méchante.

Je le fais pour les étiqueter.

Mais je sais que c'est mal aussi. Insulter par méchanceté, c'est pire, mais dans les deux cas, c'est mal.

Voici le nom que j'ai donné au garçon dans ma tête : le Naze-sur-son-Vélo.

5

– Regarde, a dit Miles. J'ai trouvé ça dans mon placard.

Il a traîné quelque chose jusqu'au milieu de ma chambre. Dehors, le vent soufflait et le ciel s'était assombri. L'orage approchait.

C'était un carton plein de jeux de société.

– Souviens-toi, ai-je dit, tu peux jouer à ces jeux, mais ce sera toujours les jeux des Wainwright.

Nous les avons étalés par terre. Dehors, les arbres devenaient fous. L'orage était presque là.

– Ta chambre est bruyante.

– Je sais. C'est à cause des arbres.

– Tu pourrais demander à maman d'échanger avec toi.

Mais il savait que je ne le ferais pas. Il savait que je ne demanderais rien à maman à moins d'en avoir vraiment, vraiment besoin. Nous essayions tous les deux d'être gentils avec elle et elle essayait d'être patiente avec nous. Parfois, je nous imaginais tous les trois comme des crayons à papier à la gomme tout usée dont un seul passage sur le papier suffirait à trouer la page en produisant un crissement strident sur le bureau.

Il s'est avéré que des éléments manquaient dans la plupart des jeux. Mais il y avait une très vieille version de Destins au complet. Nous avons fait quelques parties avant de nous lasser.

– Il y a autre chose dans ton placard ? ai-je demandé.

– Un carton de vieilles poupées toutes cassées, avec les bras et les jambes qui partent dans tous les sens et des yeux qui ne ferment plus.

– Tu es sérieux ?

– Non. Il n'y a qu'un carton de vieux vêtements. On dirait des déguisements. Et quelques chaussures horribles. Elles sont toutes recourbées.

– Montre-moi.

Il avait raison. Les chaussures étaient immondes. On aurait dit des souliers d'elfes, tout tordus et pointus. Et les vêtements, qui sentaient le moisi, semblaient tous dater de l'époque de nos grands-parents, à part une robe bleue et brillante, plus chic que les autres et probablement plus ancienne. Elle avait de la fourrure aux poignets et autour du col. Je n'aurais su dire si c'était de la vraie ou de la fausse.

Je l'ai pendue dans le placard de Miles pour qu'elle se défroisse un peu. Elle était plutôt jolie.

– Tu veux marcher jusqu'à la station-service pour acheter une Boule de Feu ? m'a-t-il demandé ensuite.

Miles était fan des Boules de Feu, ces énormes bonbons rouges qu'on trouvait dans les supérettes. Ils étaient si piquants que des larmes ruisselaient sur son visage quand il les mangeait, mais il voulait réussir à en sucer un en entier sans s'arrêter avant la fin de l'été. Comme la maison était située en plein centre-ville, nous n'avions pas besoin de marcher longtemps pour parvenir à une station-service, de sorte qu'il n'avait pas tardé à découvrir toutes sortes de bonbons bon marché, comme les Têtes Brûlées au citron, les pastilles crayeuses Necco Wafers et les chewing-gums effilochés pour ressembler à du tabac. Maman ne lui permettait pas d'acheter ces derniers, cependant, pas plus que les cigarettes en chocolat.

Moi, je préférais les Têtes Brûlées, tellement acides qu'elles me faisaient transpirer du nez.

– Il pleut, ai-je fait remarquer.

– C'est pas grave. La pluie nous fera du bien.

J'ai décidé de rester à la maison.

Je restais beaucoup à la maison, depuis l'été dernier. Ma mère s'en inquiétait, croyant que j'avais peur de sortir à cause de ce qui était arrivé à mon père et à Ben.

Je me suis approchée de la fenêtre et je l'ai ouverte. Malgré le vent. Malgré la pluie. Autant laisser tous ces sons m'entourer. Puis je me suis blottie sur mon lit et j'ai attendu de voir si la maison allait encore me regarder.

La chose noire est revenue. Cette fois, à la lumière du jour, j'ai vu de quoi il s'agissait.

C'était un oiseau.

Un vautour.

Je l'ai su, même si je n'en avais jamais vu de près, seulement dans des films. Ou à la télé. Enfin, je ne sais pas trop comment je le savais, mais je le savais.

Il me fixait. Sans doute n'avait-il pas l'habitude de voir quelqu'un dans cette chambre, puisqu'elle était restée inoccupée pendant un bon moment. Il me regardait et la maison me regardait.

S'il avait voulu, il aurait pu entrer d'un battement d'ailes.

– Je n'ai pas peur de toi, ai-je chuchoté.

Il a penché son horrible tête rouge sur le côté.

Il savait que je mentais.

6

Quand la pluie s'est dissipée, mon oncle Nick nous a apporté un vieux vélo, dont un de ses collègues voulait se débarrasser.

– Je me suis dit qu'il pourrait vous plaire.

– On n'arrête pas de se dire qu'on a été idiots de laisser les nôtres à la maison, ai-je dit. Merci.

– Je suis aussi passé à *Sports & More* pour vous prendre un casque. Je savais que votre mère voudrait que vous en portiez un.

– Bien vu. Tu veux une Boule de Feu ?

Miles en avait rapporté et j'en avais une logée dans chaque joue. Je bavais presque.

– Certainement pas, a-t-il répondu, mais sur un ton gentil, tout en calant le vélo contre la véranda. Je ne savais pas qu'ils en faisaient encore. Où est ta mère ?

– Dehors. Elle travaille sur la terrasse.

Ma mère prévoyait de construire une terrasse en bois pendant notre séjour. Elle n'avait jamais entrepris une chose pareille auparavant.

– Je vais aller lui dire bonjour.

– Tu peux lui dire que je suis allée faire un tour en vélo?

– Bien sûr. Où vas-tu?

– Je ne sais pas.

C'était à la fois la vérité et un mensonge. Dès que j'avais vu le vélo, j'avais su ce que je ferais, même si je ne savais pas où cela me mènerait.

J'avais décidé de suivre le Naze-sur-son-Vélo.

7

C'était la première fois que je me tenais en embuscade, et ce n'était pas très facile. Après avoir placé le vélo dans l'allée en bitume menant à notre maison, je me suis assise sur les marches, le casque sur la tête, de façon à être prête à la minute où il passerait. J'étais cachée derrière un pilier de la véranda, juste au cas où, même s'il ne m'avait jamais remarquée jusque-là.

Je n'ai pas eu à attendre longtemps. Dès qu'il a été deux maisons plus loin que la nôtre, j'ai sauté sur mon vélo et je l'ai suivi.

Il a continué tout droit dans la rue. Quand il s'est arrêté au feu, je me suis arrêtée aussi, et je suis passée après lui.

Il se dirigeait vers le campus. Nous avons dépassé des maisons transformées en fraternités[1]. Devant

_____

1. Aux États-Unis, organisation sociale permettant aux étudiants de se constituer un réseau et de se retrouver pour toutes sortes d'activités. (NdT)

l'une d'elles, une balançoire pendait à un arbre, et le jardin d'une autre se composait uniquement de gravier.

Puis nous sommes arrivés sur la meilleure zone du campus, la forêt. C'était l'endroit préféré de mon père en raison des pins qui poussaient là, très hauts et très droits, presque aussi âgés que l'université. Chaque année, pour Noël, le responsable de l'entretien accrochait des guirlandes lumineuses sur le plus grand d'entre eux.

La forêt était suffisamment vaste pour qu'on s'y sente tranquille, mais assez petite pour ne pas faire peur. Une cascade et quelques sculptures se dissimulaient parmi les arbres. Et à son orée se trouvait une cour carrée en gazon sur laquelle, adolescente, ma mère avait joué à l'« ultime-passe ».

Le Naze-sur-son-Vélo s'est engagé sur le trottoir sinueux sous les arbres.

Il a dépassé la cour carrée, se dirigeant vers le centre du campus et le théâtre, qui semblait avoir été prélevé dans l'Angleterre d'antan et transplanté en Utah. Et alors, j'ai compris où il allait.

Au Summerlost Festival.

Évidemment.

J'aurais dû m'en douter.

Le Summerlost Festival d'Iron Creek était le troisième plus grand festival shakespearien à l'ouest du fleuve Mississippi. Il avait lieu tous les étés sur le campus. Un grand panneau publicitaire l'annonçait dès l'entrée de la ville :

PERDEZ-VOUS DANS L'ÉTÉ ET REMONTEZ LE TEMPS
AU SUMMERLOST FESTIVAL

Le spectacle gratuit se tenant sur la pelouse avant les pièces de théâtre, le Prélude, était drôle mais aussi effrayant parce que les acteurs choisissaient parfois des gens dans le public pour y participer, et ils leur faisaient toujours porter des accessoires un peu dingues. Un jour, ils avaient forcé mon père, vêtu d'un short beige et d'un polo bleu, sa tenue habituelle pendant les vacances, à jouer un prince dans un sketch. Les actrices en collant et robe de paysanne l'avaient entouré et il avait dû enfiler d'énormes sabots en bois et marcher d'un pas lourd sur la scène minuscule pour aller secourir l'une des comédiennes, qu'une sorcière avait plongée dans un profond sommeil. Il avait dû faire semblant de l'embrasser et il était devenu tout rouge. « Mon prince ! » s'était exclamée la princesse en se réveillant.

Ma mère avait ri si fort qu'elle avait failli s'étouffer. Mon père avait secoué la tête en se rasseyant. Même s'il avait détesté ça, il avait joué le jeu. Maman l'avait serré dans ses bras et je m'étais sentie fière de lui, bien qu'assister à cette scène ait aussi été assez horrible.

Quelques années plus tard, nous étions venus voir le spectacle alors que Ben était dans un de ses mauvais jours. Il n'arrêtait pas de crier et maman avait fini par l'emmener dans la cour carrée, où il avait dévalé la pente en roulant sur lui-même, encore et encore, comme un chiot. Lorsqu'il était revenu, heureux, les yeux écarquillés et tout en sueur, il s'était même blotti sur mes genoux comme l'aurait fait un chiot, sauf que c'était un petit garçon.

Mon frère avait été un petit garçon et maintenant il n'était plus rien.

8

– Salut, a lancé quelqu'un, et j'ai relevé les yeux. Le Naze-sur-son-Vélo. Il m'avait attrapée. Je devais faire une drôle de tête en pensant à Ben, parce que son visage a changé. Il semblait sur le point de me dire quelque chose, tous ses mots prêts à sortir, et puis il s'est ravisé.

– Tu vis dans ma rue, a-t-il dit. Dans l'ancienne maison des Wainwright.

Il avait des cheveux bruns et des taches de rousseur. Je pensais qu'il aurait les yeux marron, mais ils étaient noisette.

– Ouais, ai-je acquiescé.

– J'allais te demander pourquoi tu me suivais.

– Je voulais savoir où tu allais, habillé comme ça. J'aurais dû faire le rapprochement avec le festival. Tu travailles ici ?

– Ouais.

– Tu as quel âge ?

– Douze ans.

Je pouvais donc travailler, moi aussi. Cette pensée a surgi de nulle part. Jusque-là, j'ignorais que je voulais trouver un petit boulot. J'ignorais ce que je voulais tout court, à part retrouver ma vie d'avant, ce qui n'arriverait jamais. Pourtant, je le désirais si fort que ça ne laissait pas beaucoup de place pour désirer quoi que ce soit d'autre.

– Est-ce qu'ils embauchent encore ? ai-je demandé.

– On peut toujours leur poser la question. Comment tu t'appelles ?

– Cedar Lee.

– On dirait un nom de star de cinéma.

J'ai failli répondre : « Non, Cedar, c'est le nom d'un arbre. Mon père a grandi dans le Nord-Ouest pacifique. Il y avait un vieux cèdre immense dans son jardin et il s'est dit que ce serait un prénom génial pour son premier enfant, garçon ou fille. Ce nom plaisait aussi à ma mère, et il plaisantait toujours à ce sujet, disant que c'était comme ça qu'il avait su qu'il avait trouvé la bonne personne. » Il leur était arrivé de se disputer, mes parents, mais ils étaient super-amoureux. On s'en rendait compte de bien des manières. Ils faisaient la même taille – mon père était petit et ma mère grande – et les fois où ils se mettaient sur leur trente et un pour sortir, mon père se fichait bien qu'elle porte des talons et qu'elle soit plus grande que lui, même si c'était le genre de choses dont les gens semblaient penser qu'il fallait se préoccuper. Sans talons, quand ils se tenaient face à face, ils étaient exactement à la même hauteur. Nez contre nez. Œil contre œil.

– Je suis une star de cinéma, ai-je répondu.

Je ne sais pas pourquoi j'ai dit ça, alors que c'était manifestement faux, mais il a souri. Et alors, ses sourcils se sont relevés de manière très spectaculaire, comme ceux d'un diable de dessin animé.

– Une star de cinéma, a-t-il répété. Comme Lisette Chamberlain.

J'ai su immédiatement de qui il parlait. Lisette Chamberlain était la personne la plus célèbre jamais sortie d'Iron Creek. Elle avait fait ses débuts au Summerlost Festival avant d'obtenir des premiers rôles dans des feuilletons et des films, puis de mourir dans des circonstances aussi mystérieuses que dramatiques.

– Et toi, comment tu t'appelles ? ai-je demandé.

– Leo Bishop.

– C'est bien comme nom, aussi.

– Je sais. Allez, viens. On va aller parler à mon patron.

9

Nous avons garé nos vélos devant le bâtiment de la billetterie, sur les râteliers les plus proches de la fontaine. Celle-ci était constituée d'un bassin dont le jet montait vers le ciel comme un geyser avant de retomber en cascade sur une pointe de béton saillante, en forme de part de tarte, qui surplombait un bassin plus petit. Quand nous étions plus jeunes, nous l'avions escaladée derrière la cascade, même si nous savions que cela risquait de nous attirer des ennuis.

Leo m'a conduite jusqu'au bâtiment à colombages construit, comme le théâtre, dans un style faussement ancien, et qui abritait les stands de nourriture et de produits dérivés.

À l'intérieur, il m'a présentée à son patron, Gary, et lui a expliqué que je cherchais du travail.

– La saison a déjà commencé, a répondu Gary.

– Mais nous aurions bien besoin d'autres vendeurs,

a rétorqué Leo. Surtout depuis le départ d'Annie, la semaine dernière.

– As-tu déjà travaillé ? m'a demandé Gary.

– Non, mais je fais souvent du baby-sitting. Et j'ai de bonnes notes à l'école. Je suis très responsable.

Deux filles d'environ mon âge m'observaient. Je me suis sentie bête.

Gary a regardé mes pieds.

– Pas de claquettes, a-t-il dit. Plus jamais. Tu peux te trouver des sandales d'ici ce soir ?

– Bien sûr.

J'en avais une paire en cuir à la maison qui ressemblait à celles que certaines des filles portaient.

Des gens s'affairaient dans la pièce, tous vêtus de costumes de paysan. J'ai aussi remarqué quelques personnes plus âgées, d'à peu près l'âge de ma grand-mère. Il s'agissait des ouvreurs bénévoles qui donnaient des renseignements et des instructions et aidaient les spectateurs à trouver leur place dans le théâtre.

– Tu te formeras cet après-midi et ce soir, a repris Gary, et tu commenceras vraiment demain. Il faut que ta mère signe ça puisque tu n'as pas seize ans. Rapporte-le ce soir.

Il m'a tendu un formulaire et j'ai hoché la tête. Je me suis demandé ce que dirait ma mère. Accepterait-elle de signer ? Qu'est-ce qui m'était passé par la tête ?

– Tu travailleras de treize heures à quinze heures et de dix-huit heures à vingt heures trente, tous les jours sauf le dimanche. Tu es là pour vendre avant le début des spectacles de l'après-midi et du soir, et pendant le Prélude gratuit. Ensuite, tu reviens et tu nous aides à tout ranger. Le jour de paie, c'est le vendredi, une semaine sur deux.

– D'accord.

– Lindy, a-t-il lancé à l'une des dames plus âgées, tu peux aller à l'atelier de costumes et demander à Meg si nous avons quelque chose qui pourrait lui aller ?

Lindy a hoché la tête avant de sortir.

– Aujourd'hui, je veux que tu suives Leo. Il te montrera quoi faire. Est-ce que tu as des questions ?

– Je crois que j'en ai une. Qu'est-ce que je vais vendre ?

– On t'attribuera quelque chose plus tard. Pour l'instant, apprends de Leo.

Quelques minutes plus tard, Lindy est revenue avec une jupe à motifs floraux et un chemisier de paysanne blanc avec des attaches au niveau du cou. Les deux vêtements avaient l'air trop grands.

– C'est ce qu'ils ont trouvé de plus petit, m'a dit Lindy.

J'ai filé dans les toilettes des employés pour m'habiller et j'ai défait ma queue-de-cheval parce que j'avais remarqué que toutes les autres filles avaient les cheveux détachés. J'ai gardé mon short sous la jupe, mais j'ai roulé mon T-shirt en boule et je l'ai posé sur une chaise, espérant que personne ne le prendrait.

– Ça a l'air d'aller, a commenté Gary quand je suis sortie.

Gary et Leo m'ont montré les différents articles vendus dans la cour. J'en avais déjà vu quelques-uns les fois où j'étais venue au festival. Des tartelettes maison : framboise, citron et fromage frais. On aurait dit de petits porte-monnaie. J'ai eu envie d'en manger une. Des bouteilles d'eau dont l'étiquette arborait les mots SUMMERLOST FESTIVAL et son logo représentant le théâtre. Des friandises à l'ancienne dans des paquets en Cellophane : bonbons en forme de citron, bonbons à la réglisse et caramels en papillotes de papier paraffiné. Des chocolats. Et des programmes. Des programmes raffinés, sur papier glacé. Leo a pris un panier de ces derniers et je l'ai imité.

Pour finir, Gary m'a donné de nombreuses instructions.

– Souviens-toi, pas de claquettes ce soir.

– Compris.

– Prends soin de ton costume. Lavage délicat seulement. Crois-moi, mieux vaut éviter de mettre en colère Meg de l'atelier de costumes.

– Très bien.

– N'oublie pas que tu es en Angleterre. À l'époque de Shakespeare.

J'ai hoché la tête sans lui faire remarquer que les chances de tomber sur une Sino-Américaine en Angleterre à l'époque de Shakespeare auraient été très faibles.

– Et tu es une paysanne.

Au moins, grâce à ma tenue, ce dernier point paraissait presque crédible.

– Reste dans la peau de ton personnage, mais ne prends pas d'accent à moins d'y avoir été expressément autorisée. Le seul jeune qui a la permission de parler avec un accent, ici, c'est Leo.

– D'accord.

J'ai suivi Leo en direction de la porte.

– Où es-tu ? m'a lancé Gary dans mon dos.

Il m'a fallu un bon moment pour comprendre sa question.

– Je suis en Angleterre.

10

– Je suis déjà allé en Angleterre, m'a expliqué Leo.
C'est pour ça que je peux prendre l'accent anglais.
Parce que je l'ai entendu dans la vraie vie.

– Je peux l'entendre ?

– Oh, ça viendra. Bientôt.

Nous avons traversé une cour en brique avec un
gros arbre au milieu, tout autour duquel avait été
construit un banc en bois.

– Il y a moins de monde pour les représentations
de l'après-midi, a dit Leo. (Il parlait vite et d'une
voix animée, mais pas au point que je peine à le
suivre.) Les gens flânent moins quand il fait chaud.
Ils restent dans la boutique de cadeaux et achètent
tout là-bas ou bien ils vont directement au théâtre.
Pour nous, le plus important, c'est le spectacle du
soir. C'est là qu'on travaille vraiment. C'est là que
je bats des records.

– Quel genre de records ?

– Toutes sortes de records. Le plus grand nombre de programmes vendus en une heure. Le plus grand nombre de programmes vendus en une soirée. Le plus grand nombre de programmes vendus en une semaine. Gary note tout. Je vise le plus grand nombre de programmes vendus en une saison et je suis certain de réussir si je continue comme ça. Mais ce dont je suis le plus fier, c'est d'avoir vendu un soir plus que tous les autres stands. Sais-tu qu'il est beaucoup plus difficile de vendre des programmes que de l'eau ? Nous sommes dans le désert. Pourtant, je l'ai fait. Un soir. Un soir génial il y a deux semaines. Et je vais recommencer.

J'avais l'impression que Leo avait plus d'énergie que toutes les personnes que j'avais jamais rencontrées.

– Alors, pourquoi voulais-tu ce job ? a-t-il demandé. Tu économises pour quoi ? Et ne réponds pas pour la fac ou pour une voiture.

– Pourquoi ?

– C'est ce que tout le monde répond.

– Qu'y a-t-il de mal à vouloir aller à la fac ou acheter une voiture ?

Je ne voyais pas assez loin pour envisager l'une ou l'autre de ces possibilités, mais quelque chose chez lui me donnait envie de jouer l'avocat du diable.

– Passe encore si tu es précise. Jackie, par exemple,

l'une des filles avec qui on bosse, économise pour la fac, mais elle a bien précisé qu'il s'agissait de l'université de San Diego, où elle veut étudier la biologie marine. Ça, ça va. Et si tu sais exactement quel type de voiture tu veux, ça va aussi. Mais les réponses vagues sont stupides.

– Eh bien, dans ce cas, je suis stupide. Parce que je ne sais pas.

Il a froncé les sourcils.

– Tu n'arrives pas à penser à une seule chose qui te ferait envie ?

Je n'ai pas répondu, car une dame d'un certain âge est passée à côté de nous et c'est arrivé à ce moment-là.

L'accent.

Souriant, Leo a pris la voix d'Oliver Twist ou de je ne sais qui et s'est exclamé :

– Puis-je vous proposer un programme, ma bonne dame ?

Je ne savais pas si son accent était correct. Je ne savais pas si c'était un véritable accent anglais ou un accent anglais de gamin dans un film. En tout cas, j'ai vu son visage s'illuminer, puis le visage de la dame s'illuminer, et le sourire de Leo paraissait aussi grand que la terre entière. Comme s'il aimait le monde, comme s'il n'avait pas la moindre idée de ce dont il était capable.

Elle a acheté trois programmes pendant que

Leo plaisantait avec elle dans son accent anglais peut-être véritable et que je restais plantée là à les regarder.

– Impressionnée ? m'a-t-il ensuite demandé.

– Très, ai-je répondu sur un ton sarcastique.

– La prochaine fois, c'est ton tour. Avec l'accent.

– Mais Gary a dit...

– Je ne lui dirai pas. Allez !

La première personne que nous avons vue était un vieil homme en chemise blanche bien repassée, une bouteille d'eau à la main. Il avait un visage agréable et de grosses lunettes, et il marchait vite.

– Monsieur, l'ai-je interpellé, puis, comme il ne m'entendait pas, j'ai répété plus fort : MONSIEUR ! Puis-je vous proposer un programme ?

Je n'aurais su dire quel genre d'accent m'était sorti de la bouche. Un accent allemand ? italien ? irlandais ? australien ?

Il s'est arrêté et m'a regardée et je lui ai tendu un programme.

– Je ne pense pas, a-t-il répondu assez aimablement, et quand je me suis retournée, Leo se tordait de rire.

– C'était quoi, ça ? a-t-il demandé.

– Je suis étonnée que tu ne l'aies pas reconnu. C'est l'accent d'une région peu connue d'Angleterre. Une toute petite province.

Y avait-il seulement des provinces en Angleterre ?

Je n'en étais pas sûre. Je savais juste qu'il n'y avait pas d'États.

– Vraiment ? Et comment s'appelle-t-elle ?

– Bridge, ai-je répondu avec mon horrible accent, sortant le premier mot vaguement britannique qui me passait par la tête.

– Ah oui ? Et quelle est la capitale de la province de Bridge ?

Les provinces avaient-elles des capitales ?

– Bridget, ai-je répondu.

Cela l'a tellement fait rire qu'il a failli rater une dame qui passait accompagnée de deux adolescents. Néanmoins, il a aussitôt repris son accent et elle lui a acheté un programme en souriant.

Nous marchions sur le trottoir lorsque des garçons à vélo ont déboulé. Un ouvreur leur a fait signe de s'arrêter, mais ils n'ont pas obéi.

– Ils ne sont pas censés couper par là pendant les heures d'ouverture du festival, a expliqué Leo, mais ils le font quand même parce que c'est plus rapide.

Quand ils se sont rapprochés, j'ai vu qu'ils avaient à peu près notre âge. Des cheveux blonds en épis pour l'un, des casquettes de base-ball pour tous les autres. De grandes chaussettes. Des T-shirts brillants dont la matière ressemblait à du plastique. Ils rentraient peut-être chez eux après un entraînement sportif. Ils allaient si vite que j'ai eu peur qu'ils nous foncent dessus, alors j'ai suivi l'exemple de Leo et je suis montée sur l'herbe.

Alors qu'ils arrivaient à notre niveau, l'un d'eux a donné un coup dans le chapeau de Leo pour le faire tomber et ils ont tous éclaté de rire.

– C'est nouveau, ça, a commenté Leo en le ramassant. D'habitude, ils se contentent de me crier des trucs en passant.

Je voyais bien qu'il essayait de feindre l'indifférence. Il y parvenait presque.

– Ils se prennent pour des durs, mais ce ne sont que des gamins à vélo, a-t-il repris. Ce n'est pas comme si c'était des motards, des Hell's Angels ou je ne sais quoi.

– Ce sont des têtards, oui! ai-je répliqué, et il a ri si fort que j'ai distingué les bagues sur ses dents du fond.

J'ai souri.

– C'est parfait, a-t-il dit. Des têtards.

Nous sommes passés devant le théâtre, avec ses drapeaux remuant joyeusement et ses poutres en bois à la peinture foncée et ses murs en stuc blanc. Les escaliers en bois extérieurs avaient été lissés par le piétinement des spectateurs venus se perdre depuis des décennies dans la vie d'autres personnes.

– Tu es au courant? a demandé Leo en me voyant le contempler. Le théâtre va être détruit à la fin de l'été.

– Quoi ? ai-je fait, sous le choc.

Ma mère était-elle au courant ? Elle considérait ce théâtre comme une part de la ville, de son enfance.

– Ils vont restaurer certains des autres bâtiments, mais le théâtre, ce serait trop compliqué, alors ils vont repartir de zéro, le raser et en construire un nouveau de l'autre côté de la rue. Tu n'as pas remarqué le chantier ?

– Je ne suis pas encore allée par là-bas.

– Je te montrerai après le travail.

11

Nous avons roulé vers l'est pour rentrer à la maison.

Il manquait tout un pâté de maisons.

– C'est ici qu'ils construisent le nouveau théâtre, a dit Leo. Il fera partie du nouveau centre civique d'Iron Creek.

Je me souvenais de ce qu'il y avait eu là auparavant. Une grappe de petites maisons anciennes, très belles pour certaines. Et le cabinet d'un médecin, où j'étais allée une fois pour une angine pendant les vacances de Noël. Mon oncle Nick dirigeait la pharmacie d'Iron Creek, si bien que lorsque nous tombions malades, il aromatisait nos antibiotiques et glissait une confiserie dans le sachet de médicaments.

Maintenant, à la place des maisons et du cabinet médical, on voyait une clôture grillagée, des matériaux de construction, des ouvriers et quelques toilettes de chantier en rang d'oignons. Et surtout, un trou.

Un trou énorme. Il avait dû leur demander beaucoup de travail. Avant de creuser, il avait fallu tout raser. Enlever toutes les planches brisées, arracher le gazon, casser les barrières, emporter le verre, retirer les fondations.

Et puis creuser et creuser encore.

« Où sont-elles passées ? me suis-je demandé. Toutes les choses qui étaient ici ? »

– Mais s'ils démolissent le théâtre, le logo du Summerlost Festival n'aura plus aucun sens. C'est un dessin du théâtre. Et ce logo est partout. Sur les bouteilles, sur les programmes, sur les panneaux...

– Je parie qu'ils le garderont quand même.

– Même si le théâtre a disparu ?

– C'est une icône. À mon avis, il existe depuis si longtemps qu'il n'a plus besoin d'être vraiment là pour avoir du sens aux yeux des gens.

– C'est triste.

– Je sais.

Ni lui ni moi n'avions parlé avec un accent, alors je savais que nous le pensions vraiment.

12

Il s'est avéré que ma mère savait que le théâtre allait être détruit ; elle ne nous en avait simplement pas parlé. J'ai évoqué le trou et les toilettes de chantier, puis mon travail. Je lui ai dit que je pourrais me rendre au festival et en revenir à vélo avec un garçon du voisinage, si bien que je serais en sécurité, et qu'elle n'aurait même pas à me déposer ni à aller me chercher.

En réalité, je n'avais pas abordé ce sujet avec Leo, mais je le ferais dès ce soir, en arrivant au travail.

– Peut-être l'année prochaine, a-t-elle répondu. Douze ans, c'est trop jeune pour avoir un petit boulot.

– J'ai le même âge que les autres enfants qui travaillent là-bas, ai-je répliqué. Et c'est la dernière année avec l'ancien théâtre. Ce ne sera pas pareil l'année prochaine.

Elle a réfléchi une minute, puis elle a hoché la tête.

– D'accord.

13

Ce soir-là, je suis allée au festival à vélo et je n'ai pas oublié mes sandales. J'étais en Angleterre.

J'avais trouvé cette remarque un peu bête dans la bouche de Gary, et pourtant, vers la fin de mon service, j'avais l'impression que c'était vrai.

Sur la scène du Prélude gratuit, les acteurs dansaient, chantaient et tapaient sur des tambourins auxquels étaient attachés des rubans verts et violets. Les femmes avaient des couronnes de fleurs dans les cheveux. La foule battait des mains en rythme.

Leo parlait avec son accent et les lumières scintillaient et ma robe bruissait autour de mes chevilles. Les tartes sentaient délicieusement bon. Il y avait un million d'étoiles et des gens et de la musique et des rires. Des drapeaux s'agitaient en l'air. Les arbres étaient anciens, comme ceux de chez moi, et cela ne me dérangeait pas autant quand le vent soufflait entre leurs branches, les faisant parler.

Peut-être que ce n'était pas comme en Angleterre.

Après tout, je n'y étais jamais allée. Mais c'était différent. Agréable.

À la fin du spectacle, une trompette a retenti pour prévenir les gens qu'il était l'heure d'aller voir la pièce, et le charme a été rompu.

Après que nous avons eu compté l'argent (j'avais vendu quinze programmes, Leo cinquante-six), je lui ai demandé si nous pouvions rentrer ensemble.

– Ma mère s'inquiète, ai-je expliqué.

Nous avons traversé le bâtiment de l'administration du festival pour rejoindre les râteliers à vélos, de l'autre côté.

– Ils vont mettre en place une autre exposition par ici, a-t-il annoncé en désignant l'aile ouest du bâtiment. Ça s'appellera la galerie des Costumes et ils y exposeront un costume pour chaque édition du festival.

– Ils ont beaucoup de nouveaux projets.

– Ouais. L'idée, c'est que toutes ces améliorations feront venir plus de monde. Je pense que c'est ça qui leur a donné l'idée de la galerie des Costumes, a-t-il ajouté en montrant du doigt l'aile du bâtiment qui s'étirait vers l'est.

– La galerie des Portraits, ai-je dit.

– Exact.

Leo y est entré, alors je l'ai suivi. J'étais déjà venue ici. On pouvait y admirer un portrait d'acteur ayant joué dans une pièce pour chaque année du festival.

– La voilà, a-t-il dit en s'arrêtant devant l'un des tableaux.

J'ai su de qui il s'agissait sans même lire la plaque sous le cadre. Lisette Chamberlain. Je l'avais repérée alors que j'étais encore toute petite. Même dans cette galerie remplie de personnes magnifiques, vêtues de costumes sophistiqués, Lisette sortait du lot. Non seulement c'était l'actrice la plus sublime, mais elle portait une couronne ornée de pierreries sur ses cheveux roux et elle regardait quelqu'un en dehors du tableau, et on n'aurait su dire si elle aimait ou détestait cette personne. Tout ce qu'on savait, c'est qu'elle la regardait d'une manière significative. Vêtue d'une robe en velours violet foncé avec du brocart noir, elle avait la joue posée sur sa main, de sorte qu'on remarquait ses doigts élégants, son poignet mince et ses bijoux : un bracelet en or tissé comme une chaîne, une bague sertie de trois pierres blanches.

– Tu as entendu parler d'elle, j'imagine ? a demandé Leo.

– Ouais.

– Alors, qu'est-ce que tu sais sur elle ?

J'ai essayé de me rappeler tout ce que ma mère et mes grands-parents m'avaient raconté.

– Lisette est née ici, à Iron Creek, et elle a travaillé au festival. D'abord au Prélude, avant de devenir actrice dans les pièces officielles. Elle est partie à

Hollywood et a joué dans un feuilleton, puis dans quelques films, mais chaque été, elle revenait pour une représentation d'un soir à Summerlost, laquelle était toujours complète presque un an à l'avance. Et puis elle est morte ici, à Iron Creek, dans l'hôtel sur Main Street.

– Bien.

Il semblait m'étudier. Il a croisé les bras sur sa poitrine et penché la tête sur le côté. Il avait de longs cils, pour un garçon. Pour n'importe qui, d'ailleurs.

– Je pense que je vais pouvoir travailler avec toi, a-t-il repris.

– Ça tombe bien, parce que c'est le cas.

– Ce n'est pas ce que je voulais dire.

– Et qu'est-ce que tu voulais dire ?

– Une fois, je suis allé à Washington avec ma famille et on a suivi plein de visites guidées.

– Ça devait être barbant.

– C'était génial. On pouvait choisir des visites spécialisées sur des personnes célèbres et voir les endroits où elles avaient vécu et travaillé. Je veux organiser une visite comme ça sur Lisette. C'est le vingtième anniversaire de sa mort, cet été. Toutes les personnes âgées qui venaient au festival de son vivant ne l'ont pas oubliée. On pourrait se faire des tonnes d'argent.

Je ne savais pas quoi dire. *L'anniversaire de sa mort.* L'anniversaire de la mort de mon père et de

Ben avait eu lieu quelques semaines plus tôt, et ça avait été horrible. Pendant toute la journée, je n'avais pas pu m'empêcher de penser à ce qui était arrivé à la même époque l'année précédente. Au moment où ils étaient montés dans la voiture. Au moment où j'avais appris ce qui s'était passé.

Il a fouillé dans la poche de son pantalon de paysan et en a sorti un bout de papier.

– J'ai dessiné une carte des sites possibles, a-t-il expliqué en la dépliant. Le problème, c'est que, comme on ne peut pas conduire, on doit tout pouvoir faire à pied.

Je me suis souvenu que Leo n'avait pas connu Lisette. Elle était partie depuis longtemps. Et avec cette visite, au moins, les gens se souviendraient d'elle. Ce serait terrible si on vous oubliait, tout simplement.

– On s'habillera soit avec nos costumes de travail, soit tout en noir, a-t-il repris. Je n'arrive pas à me décider. J'ai eu cette idée il y a deux jours, alors tout n'est pas encore au point.

– Gary ne sera pas content s'il apprend qu'on porte nos costumes en dehors du festival, ai-je dit au bout d'une seconde.

Cela signifiait-il que j'allais accepter ? Je continuais cette conversation comme si ma bouche avait décidé de se lancer sans me consulter.

– Tu n'as pas tort. Bon, on portera du noir. En

ce qui concerne les sites, on a le théâtre où elle a joué, bien sûr. Ainsi que l'hôpital où elle est née, l'hôtel où elle est morte et le cimetière où elle est enterrée. Dommage qu'ils aient rasé la maison où elle a grandi.

– Attends, l'hôpital est récent, non ?

– Je parle de l'ancien hôpital. Il est encore là.

– Cool, ai-je dit, m'imaginant un vieux bâtiment recouvert de vigne vierge. Où ça ?

– À deux rues d'ici. L'immeuble Everett.

– Le bureau des assurances ?

– Ouaip.

– C'est tout ce que tu as ? Quatre sites ?

– Ce qui serait génial, a-t-il poursuivi sans me prêter attention, ce serait qu'on puisse entrer dans les tunnels.

– Quels tunnels ?

– Les tunnels qui courent sous le bâtiment de l'administration et mènent jusqu'au théâtre, a-t-il répondu en baissant la voix, comme s'il me confiait un secret. (J'ai jeté un coup d'œil par-dessus mon épaule, mais à part les sujets des portraits, il n'y avait personne.) Ils ont été construits il y a des années pour que les acteurs puissent se rendre des vestiaires, situés au sous-sol de ce bâtiment, jusqu'au théâtre sans être vus par les spectateurs dans la cour. Et il y a aussi de vieux tunnels de la maintenance dont ils ne se servent même plus.

– Et qu'irait-on faire dans ces tunnels ?

– Lisette devait les emprunter tout le temps. Tous les acteurs les utilisent, et ce depuis des décennies. Mais quand ils démoliront le théâtre, ils disparaîtront aussi. C'est notre dernière chance de les voir.

– Personne ne laissera des gamins y entrer.

– On trouvera peut-être un moyen. En attendant, on a les quatre autres endroits. Et ils sont tous situés à quelques minutes de marche les uns des autres, et de chez nous. C'est parfait. J'ai fait de nombreuses recherches sur Lisette, je pourrai te renseigner. Et j'ai préparé de la pub. (Il s'est penché vers moi.) Voilà l'autre raison pour laquelle je veux vendre les programmes : je peux y glisser ces prospectus sans que Gary ou qui que ce soit s'en rende compte.

Il m'a tendu un bout de papier glacé sur lequel était imprimée une photo de Lisette Chamberlain. J'ai lu le texte qui l'accompagnait :

VISITE GUIDÉE SUR LISETTE CHAMBERLAIN
MARCHEZ SUR LES TRACES DE LISETTE
ET APPRENEZ TOUT SUR SA VIE.
POUR PLUS D'INFORMATIONS
APPELEZ LE 555-1234 ENTRE 9 H ET MIDI.
5 $ par personne, en espèces uniquement.

– C'est de la folie, ai-je dit.

– Comme on ne peut pas rentrer tard le soir, on

devra faire ça tôt le matin. Mais vraiment tôt, pour éviter de se faire prendre. Et puis il faudra que je monte la garde à côté du téléphone tous les matins pour m'assurer que personne d'autre ne réponde. Ce sera facile. Mes parents sont au travail à cette heure-là et mes frères à l'entraînement. J'ai pensé à tout.

– Je vois ça. Qu'est-ce qui t'a décidé à prendre une partenaire ?

– Notre rencontre.

Flirtait-il ? Se moquait-il de moi ? M'en avait-il parlé parce qu'il avait de la peine pour moi après ce qui était arrivé à ma famille ? Il était forcément au courant. Tout le monde l'était. Et au cours de l'année qui venait de s'écouler, de nombreuses personnes avaient fait des choses gentilles pour moi principalement par pitié.

– On se partagera les gains, a-t-il repris. On se retrouvera chez moi à sept heures moins le quart et on marchera ensemble jusqu'à l'Everett Building. C'est là-bas que notre visite commencera ; à l'endroit où elle est née.

Lisette me dévisageait depuis le prospectus et son portrait sur le mur.

– Alors, qu'en dis-tu ?

– D'accord.

Je ne savais pas pourquoi j'avais accepté. Mais si j'avais dû deviner, j'aurais dit que c'était parce que j'aimais discuter avec Leo. Il semblait toujours avoir quelque chose en tête. Son cerveau était très occupé.

Je voulais suivre le mouvement, monter à bord de son esprit telle une auto-stoppeuse, afin que mon cerveau soit occupé, lui aussi.

14

Deux jours plus tard, lors de notre service du soir, Leo m'a dit que trois clients s'étaient inscrits pour une visite le lendemain.

C'était parti.

Quand je suis rentrée à la maison, maman m'a posé plein de questions sur le travail et Miles a encore voulu jouer à Destins ; de mon côté, il fallait vraiment que je cherche mon T-shirt et mon jean noirs, à supposer que je les aie apportés pour les vacances, mais je ne pouvais pas leur dire ça. Alors, j'ai fait une partie de Destins avec Miles (il a encore gagné) et ensuite j'ai raconté des bobards à ma mère pour pouvoir aller retrouver Leo le lendemain matin sans qu'elle panique en se rendant compte de mon absence.

Je lui ai dit que j'irais courir le matin de temps en temps. C'était l'excuse que Leo et moi avions inventée.

– Toute seule ? a-t-elle demandé.

– Avec mon nouvel ami, Leo. Celui du travail. Il veut intégrer l'équipe de cross de son collège à la rentrée.

– Tu passes beaucoup de temps avec lui.

– Je sais. Je suis contente de m'être fait un ami aussi rapidement. On s'amuse plus à deux.

Elle a souri.

– Quel est son nom de famille ?

– Bishop.

– Sa mère nous a apporté des lasagnes il y a quelques jours. Elle avait l'air gentille.

– Où sont passées les lasagnes ? a demandé Miles.

– Je les ai mises au congélateur. J'avais déjà commencé à préparer le dîner ce soir-là. On pourra les manger demain.

– Ou ce soir ! a-t-il proposé.

On s'éloignait du sujet.

– Alors, tu es d'accord ? ai-je demandé.

– D'accord. Il fait déjà jour à cette heure-là, alors vous devriez être en sécurité. Mais ne va pas courir toute seule. Si le réveil de Leo ne se déclenche pas ou quoi que ce soit, tu rentres à la maison.

– Merci.

Quand je suis montée me coucher, j'ai allumé et les carreaux en forme de diamants m'ont renvoyé mon reflet. J'ai trouvé mon jean et mon T-shirt, puis j'ai ouvert la fenêtre et regardé dehors. Pas d'oiseau.

Mais alors, j'ai vu quelque chose sur le rebord de ma fenêtre. Un petit tournevis, le genre d'objet que Ben aurait aimé. Il n'avait jamais vraiment joué avec des jouets, mais il avait aimé des objets un peu bizarres, qu'il trouvait jolis ou qui pesaient un certain poids ou qui l'intéressaient d'une manière ou d'une autre. Parmi ses favoris, un fouet de cuisine, un bracelet orné d'une turquoise ronde et lisse qu'il avait trouvé dans la boîte à bijoux de ma mère, et une brochure de la station de sports d'hiver où il avait pris des leçons de ski pour enfants à besoins spécifiques.

Nous appelions tous ces objets décalés des antistress. Il les triturait dans tous les sens pour se calmer lorsqu'il se sentait nerveux et en emmenait partout avec lui. Je savais qu'il en avait probablement eu un dans la voiture lors de l'accident, mais je n'avais jamais posé la question. Et je n'étais pas allée dans sa chambre pour voir lesquels manquaient.

J'ai gardé le tournevis dans ma main pendant une minute. Il avait une poignée noire et une pointe argentée. Comment était-il arrivé là ? Ma mère avait-elle réparé ma fenêtre ?

Celle-ci ne semblait pourtant pas avoir de problème. Ni quand je l'avais ouverte les jours précédents ni maintenant.

Je me suis mise au lit et j'ai glissé le tournevis sous mon oreiller. Dehors, j'entendais le vent dans les arbres et ma mère en train de poncer la terrasse. J'ai pensé à Lisette Chamberlain et aux tunnels secrets. J'ai essayé de ne pas penser à Ben, mais bien sûr, je n'ai pas réussi. Pendant des années, j'avais été sa grande sœur. Les gens avaient cru le connaître, mais ça n'avait jamais été vraiment le cas. Ce qui ne les avait pas empêchés de parler de lui.

« Il est à part, disaient-ils. Il fait partie de ces âmes à part qui n'ont pas besoin de se soucier de leurs actions sur terre parce qu'elles iront tout droit au paradis ! »

Ou : « Il est ici pour nous apprendre à devenir plus comme lui. »

On m'avait raconté qu'autrefois on venait chercher les personnes comme Ben. « La sœur de ma grand-mère était comme ça, m'avait confié Casey, ma copine de catéchisme, et ils l'ont emmenée dans une sorte d'hôpital. C'est à peine si ma grand-mère l'a revue après ça. Ma mère dit que vous avez de la chance de vivre à notre époque. »

Et elle avait sans doute raison, mais j'avais l'impression que ceux qui pensaient que Ben était à part et n'avait pas de problèmes se trompaient tout autant que les gens d'autrefois, mais d'une autre manière.

Parce que c'est n'importe quoi. Et si cette vie était tout ce à quoi il aura eu droit ? Les gens disaient qu'il était gentil et différent – et c'était vrai –, mais il était aussi triste et en colère. Plus que la plupart des gens. Il pleurait beaucoup. Son propre corps lui paraissait bizarre, parfois, et il se mettait alors à sauter et à remuer comme s'il voulait être libéré de sa peau. Il nous regardait comme pour nous dire « Sortez-moi de là » et on ne savait jamais trop quoi faire. On ne peut pas extraire quelqu'un de son propre corps. Et cela me semblait injuste. Dieu infligerait-il vraiment une chose pareille à quelqu'un juste pour que les autres aient l'impression de tirer des leçons importantes des quelques minutes passées avec lui ?

« Il est guéri, désormais, avaient-ils dit à l'enterrement. Il a son corps parfait. Imaginez comme il doit être heureux au paradis. »

J'avais détesté les obsèques.

Tout le monde semblait si sûr et je l'étais si peu.

« Et quelle bénédiction que Ben et son père soient ensemble ! avait ajouté quelqu'un d'autre. Ensemble quand c'est arrivé et ensemble maintenant. Tous les deux là-haut, en train d'attendre. »

Cette phrase m'avait marquée. Si Ben avait détesté quelque chose, c'était bien les salles d'attente. Parce qu'en général, il y avait attendu des épreuves douloureuses ou stressantes. Une prise de sang pour vérifier que son traitement ne lui donnait pas le diabète. Ou un entretien avec un énième nouveau docteur qui serait peut-être capable de dire s'il y avait un problème dans son système digestif. Ou avec un autre pour vérifier qu'il n'y avait pas un problème avec sa peau. Il ne s'était pas mal comporté dans les salles d'attente. Il n'avait pas piqué de crises, ni rien de ce genre. Il avait juste été anxieux, marchant, sautant, parlant fort. Regardant tout autour de lui, se demandant d'où le danger surgirait et ce qu'on allait lui faire. Si bien que c'était comme ça que je m'étais mise à imaginer papa et Ben. Dans une salle d'attente avec des chaises beiges, une télé sur le mur diffusant un film de Disney et une moquette comme parsemée de morceaux de crayons qui n'étaient en réalité que des points colorés intégrés au motif, allez savoir pourquoi. Peut-être pour lui donner un côté plus sympa. Sauf que ça n'avait rien de sympa. De vieux magazines. Ben faisant les cent pas, inquiet. Mon père lui parlant d'une voix basse pour essayer de l'apaiser.

Tous les deux en train d'attendre que le reste de leur famille meure ou que Dieu entre et dise quelque chose, selon ce qui arriverait en premier.

Le vent a arrêté de souffler. Ma mère a arrêté de poncer. Lorsque j'ai glissé la main sous mon oreiller, le tournevis était toujours là.

Et je me suis interrogée.

Qui me l'avait donné ?

15

Je n'arrivais pas à déterminer si nos premières clientes étaient folles ou non.

Il s'agissait de trois vieilles dames. Et elles portaient toutes des T-shirts arborant le visage sérigraphié de Lisette Chamberlain.

– Ça me plaît qu'on fasse ça à l'aube, disait l'une d'elles lorsque Leo et moi nous sommes approchés d'elles. Ça confère un caractère plus sacré à cette visite.

– Bonjour, a lancé Leo, et elles se sont retournées en sursautant. Nous sommes vos guides. Êtes-vous prêtes à commencer ?

– Mais vous êtes des enfants, a répliqué l'une d'elles.

Elle avait des cheveux gris bouclés. La deuxième avait des cheveux blancs bouclés et la troisième un carré roux et lisse. La rousse était la plus chic des trois, à moins que ça ne vienne de ses cheveux – j'ai toujours voulu avoir des cheveux roux.

– Oui, a répondu Leo, en effet. Mais je sais tout ce qu'il y a à savoir sur Lisette Chamberlain.

Elles ont échangé un regard. De toute évidence, elles pensaient s'être fait arnaquer.

– Vraiment ? a demandé la dame rousse. Sais-tu, par exemple, quelle était sa couleur préférée ?

– Le violet, a répondu Leo sans hésitation. En interview, elle plaisantait toujours en disant que c'était le doré, comme l'oscar qu'elle gagnerait un jour, mais en réalité, c'était le violet.

– Et la date de son mariage ? a demandé une autre.

– Lequel ? Celui dont presque personne n'a entendu parler et qui a été annulé, ou celui avec Roger Marin ? À moins que vous ne parliez d'Halloween ? Petite, elle voulait se marier le jour d'Halloween et avoir l'orange et le noir comme couleurs de mariage.

La dame rousse a éclaté de rire et celle aux cheveux blancs l'a imitée. Les Lisette imprimées sur leurs T-shirts sont montées et descendues en même temps que leurs seins. Mais la dame aux cheveux gris semblait encore contrariée.

– Très bien, a-t-elle repris, tu connais ton sujet. Et tu ne demandes que cinq dollars par personne. Voyons voir ce que tu peux nous apprendre.

Il a pointé du doigt le bâtiment des assurances.

– L'histoire de Lisette commence ici.

– Attends, est intervenue l'une d'elles. On ne va pas entrer ?

– Non.

– Laisse-moi deviner, a dit la femme aux cheveux gris. Il s'agit d'une propriété privée, et vous n'avez pas la permission d'entrer.

– Vous avez tout compris.

– Ce n'est donc pas une visite officielle, a-t-elle poursuivi avec une moue grincheuse. Elle n'est pas du tout autorisée par le festival.

– C'est mieux comme ça, ai-je dit.

Tout le monde s'est tourné vers moi. Leo a haussé les sourcils, surpris. Je lui avais dit que je me contenterais d'écouter lors des premières visites, afin d'en apprendre le contenu.

– Une visite organisée par le festival serait ennuyeuse.

Comme la dame grincheuse ne semblait toujours pas complètement convaincue, j'ai ajouté :

– Et de toute manière, il n'y a rien à voir à l'intérieur, à part des box et du mobilier de bureau. Cet immeuble abrite une compagnie d'assurances, désormais. C'est plus facile d'imaginer la scène en restant dehors. La façade ressemble beaucoup à ce que la mère de Lisette doit avoir vu quand elle y est entrée, prête à avoir son bébé. Se doutait-elle alors que sa fille deviendrait l'une des plus grandes actrices de notre temps ?

J'ai jeté un coup d'œil à Leo. Je n'avais plus de matière, puisque hormis les bases, je ne savais en réalité pas grand-chose sur Lisette.

Il m'a fait un grand sourire. Il avait saisi le message tout comme mon père et moi saisissions la balle une fois que nous avions trouvé le bon rythme, lorsque nous nous faisions des passes dans le jardin de devant – sans heurt, avec fluidité.

– Nous savons que la mère de Lisette avait apporté une liste de prénoms à l'hôpital, a-t-il enchaîné. Comme elle ignorait si elle allait avoir une fille ou un garçon, elle avait sélectionné cinq prénoms pour chaque sexe. Je suis sûr que vous connaissez déjà les prénoms inscrits sur cette liste.

– Non, a répondu la dame rousse, un petit sourire jouant sur ses lèvres. Nous ne les connaissons pas.

16

Le cimetière venait en dernier.

Leo et moi nous sommes éloignés de nos clientes pendant une minute pour les laisser rendre hommage à Lisette en paix.

– On va se faire prendre, ai-je soufflé, c'est sûr.

– Non, je te jure que non. Je suis très doué pour cerner les gens. Je ne mets pas de prospectus dans tous les programmes que je vends. J'en donne seulement aux gens qui me semblent prometteurs.

– Et si quelqu'un en laisse échapper un ? S'ils tombent du programme dans le théâtre ou dans la cour ?

– Les agents d'entretien passent le balai juste après les représentations. Ils ne vont pas examiner tous les bouts de papier qui traînent. Et puis je fais attention. Ne t'en fais pas pour ça.

– D'accord.

– Au fait, c'était super, tout à l'heure, devant l'hôpital. Quand tu es intervenue pour m'aider à les convaincre de rester.

– J'y ai pensé hier soir, en prenant conscience qu'elles allaient peut-être nous en faire voir parce qu'on est des enfants. Je voulais avoir quelque chose à dire au cas où.

– On forme une bonne équipe. Tu anticipes les choses. Tu es maligne.

J'ai réprimé un sourire devant ce compliment.

– Toi aussi, tu es malin. Tu sais tout ce qu'il y a à savoir sur Lisette. Comment as-tu appris tout ça ?

– J'ai lu toutes les interviews qu'elle a données. Et *Quand le rideau tombe : la biographie non autorisée de Lisette Chamberlain*. Certains acteurs disent avoir vu son fantôme. Elle apparaît dans les tunnels, tard le soir, à la fin des pièces. Il faut absolument que j'y aille.

– Pouvez-vous nous prendre en photo ? a demandé l'une des dames.

– Bien sûr, a répondu Leo.

Cela m'a surpris de prendre autant de plaisir à participer à la visite et à apprendre des choses sur Lisette. J'avais redouté que ce soit difficile, mais ça ne l'était pas. Elle m'apparaissait comme un personnage, quelqu'un sur qui j'aurais pu lire un livre ou regarder une émission. Partie depuis longtemps, lointaine.

En nous rapprochant, nous avons vu que les dames avaient les yeux rouges. Parce qu'elles avaient pleuré quelqu'un qu'elles ne connaissaient même pas, qui avait été enterré plusieurs décennies auparavant. Ma poitrine s'est contractée et j'ai dû me mordre la lèvre pour me retenir de dire quelque chose.

Nous les avons raccompagnées jusqu'à leur voiture près de l'ancien hôpital – une marche d'un kilomètre et demi, mais aucune d'elles ne s'en est plainte. Elles n'arrêtaient pas de parler avec Leo, évoquant des représentations de Lisette, lui demandant s'il les avait toutes vues et quelle était sa préférée.

Quelques employés de la compagnie d'assurances avaient commencé à se garer dans le parking, mais nous nous tenions sous un grand pin et je doutais qu'ils puissent nous voir.

– Merci, a dit la dame rousse. C'était fantastique. Désolée d'avoir douté de vous au début.

– Pas de problème, a répondu Leo. Vous pouvez vous rattraper en parlant de nous à tous vos amis.

Il les avait dans la poche, même celle aux cheveux gris. Elles ont ri et les trois Lisette sur leurs T-shirts ont remué de bas en haut.

– Voilà quinze dollars pour nos tickets, a dit la dame aux cheveux gris, et dix dollars de pourboire pour récompenser ton professionnalisme.

Elle lui a tendu un billet de vingt et un de cinq.

Nous avons marché jusqu'à la banque pour que Leo puisse faire de la monnaie et me payer.

– Tu n'es pas obligé de faire ça maintenant, ai-je dit. On peut attendre la fin de la semaine et s'occuper de tout l'argent en une seule fois.

– Je préfère qu'on le fasse tout de suite.

La banque était l'un des plus anciens bâtiments de la ville, en pierres grises. On aurait dit une banque dans un vieux film, avec son air suranné, son lettrage doré sur la vitrine et sa rambarde d'escalier en fer. Je me suis dirigée vers l'entrée principale, mais Leo m'a fait signe de faire le tour, puis il s'est engagé directement dans le *drive-in* et a pris le récipient en plastique permettant d'envoyer l'argent et les chèques à l'intérieur.

– Il n'y a pas de raison que seuls les automobilistes puissent s'amuser, a-t-il expliqué.

Il a mis le billet de vingt dans le récipient qu'il a ensuite replacé dans le tube, où il a été propulsé jusqu'à la caissière. Elle a posé les yeux sur Leo de sa place près de la fenêtre et demandé « Je peux vous aider ? » sur un ton qui semblait dire en réalité « À quoi tu joues, toi ? »

– J'aimerais changer ce billet de vingt en deux billets de dix, a-t-il répondu. S'il vous plaît.

L'espace d'un instant, j'ai cru qu'elle n'allait pas nous servir. D'ailleurs, elle n'a pas souri une seule fois, et pourtant, quand elle a renvoyé les deux billets de dix, elle avait mis deux sucettes dans la boîte. Une rouge, une au caramel.

– Tu veux laquelle ? m'a demandé Leo alors que nous nous éloignions.

– Je suis trop grande pour qu'on me donne des bonbons à la banque.

Il a haussé ses sourcils de diable de dessin animé avant de déballer la sucette rouge, puis il m'a tendu celle au caramel. Je l'ai fourrée dans ma poche pour la donner à Miles.

Il m'a ensuite tendu l'un des billets de dix et a gardé l'autre. Il a aussi gardé le billet de cinq, ce qui signifiait qu'il avait gagné quinze dollars et moi dix. Cela me semblait juste, vu qu'il avait plus travaillé que moi.

– Quand tu parleras plus pendant les visites, on partagera équitablement, a-t-il expliqué. Et peut-être qu'on devrait se faire faire quelques T-shirts. Ceux de ces dames étaient géniaux. Je parie qu'on pourrait en vendre un paquet.

– Tu adores gagner de l'argent, pas vrai ?

J'ai aussitôt regretté cette question, parce que, de toute évidence, il aimait aussi les gens. Ce n'était pas qu'une question d'argent.

Mais cela n'a pas du tout eu l'air de le déranger.

– Oh oui. J'adore l'argent. Je veux en avoir beaucoup.

– Et pourquoi est-ce que tu économises, toi ?

– Pour me payer un billet d'avion pour l'Angleterre.

J'aurais dû m'en douter.

– Et je n'ai pas beaucoup de temps. Je dois être à Londres dans deux mois, et plus la date de départ se rapprochera, plus les billets d'avion seront chers.

– Pourquoi faut-il que tu y sois dans deux mois ? On sera en pleine période scolaire.

– Barnaby Chersterfield va jouer Hamlet sur scène à Londres. Et je dois voir ça.

– Pourquoi ?

– Parce que c'est le plus grand acteur vivant. Je pourrai dire que je l'ai vu jouer Hamlet en personne. Ça va changer ma vie.

Barnaby Chesterfield était un acteur célèbre. Comme Lisette Chamberlain, il avait fait du théâtre avant de cartonner à la télévision et au cinéma. Et si je ne savais pas tout sur Lisette Chamberlain, j'en savais beaucoup sur Barnaby Chesterfield.

Mon père et moi avions regardé ensemble *Darwin*, la série qui avait vraiment lancé sa carrière. Elle nous plaisait à tous les deux parce que nous aimions la science-fiction, la science et les réalités alternatives, et parce que son héros, un scientifique brillant, vivait dans le futur. Ma mère et les garçons n'avaient pas autant accroché que nous, même si, parfois, Ben s'était arrêté pour en regarder quelques minutes, car il aimait le son de la voix très grave de Barnaby Chesterfield. Ben avait toujours aimé les bruits différents, les choses qui avaient de la résonance.

– En quoi est-ce que ça va changer ta vie ? ai-je demandé.

– Je côtoierai la grandeur. Je pense être né pour faire de grandes choses, moi aussi.

J'ai eu envie de me moquer de lui, mais en vérité, j'avais autrefois pensé la même chose. Juste un tout petit peu, au fond de mon cœur. J'avais eu l'impression d'être destinée à quelque chose de spécial. Mais plus maintenant. Et même à l'époque, je n'aurais jamais osé le dire à voix haute.

– Quel genre de choses ? ai-je demandé.

– Je ne sais pas encore très bien. Mais j'ai des idées.

– Cet *Hamlet* est complet depuis des mois.

– Comment tu sais ça ?

– Ils en ont parlé aux informations. Les places se sont vendues plus vite que pour n'importe quel autre spectacle dans toute l'histoire de Londres.

Cela avait fait les gros titres dans les semaines qui avaient suivi l'accident, et chaque fois que j'avais vu les mots *Barnaby Chesterfield*, j'avais eu l'impression qu'on me donnait un coup de poing dans le ventre.

– On a acheté les billets l'année dernière, dès qu'ils ont été mis en vente. Avec la carte de crédit de mon père. J'avais suffisamment d'argent pour me payer la mienne, alors il m'a laissé faire et on lui a pris une place aussi. Je peux donc y aller, et il veut bien m'accompagner, à condition que je rassemble l'argent pour mon billet d'avion. Je n'y suis pas encore, mais presque.

– Et si tu n'y arrives pas ?

– On pourra sans problème revendre nos billets à quelqu'un d'autre. Il y a une telle demande que le théâtre les rachètera. Mais la date butoir que mon père m'a fixée pour réunir cet argent se rapproche, et je n'en ai pas encore assez.

– Et on ne gagne pas grand-chose en vendant les programmes.

– Non. Il faut que je complète mes revenus. C'est pour ça que j'ai eu l'idée de ces visites guidées.

Nous étions presque arrivés à notre rue.

– Tu veux venir prendre le petit déjeuner chez moi ? a-t-il proposé.

J'en avais à la fois envie et pas envie. Je n'avais surtout pas envie de le voir prendre le petit déjeuner avec sa famille normale. Chez moi, chacun mangeait ses céréales froides de son côté quand il en avait envie puisque ma mère, qui autrefois se levait super-tôt, se levait maintenant à la toute dernière minute. Elle se couchait tard. Cet été, parce qu'elle construisait la terrasse ; pendant l'année scolaire, parce qu'elle préparait ses cours et notait ses copies.

Elle disait qu'elle devait s'épuiser complètement pour pouvoir s'endormir.

– Merci. Peut-être une autre fois.

– D'accord. On se voit au travail.

Je l'ai regardé marcher jusque chez lui et gravir les marches de sa maison.

À peine était-il rentré que je regrettais de ne pas avoir dit oui.

17

Je me suis assise dans le jardin de derrière pour manger un bol de céréales et contempler le chantier qu'était notre terrasse. Ma mère est sortie en tenue de gym.

– Tu as fini de courir ? m'a-t-elle demandé.

J'ai hoché la tête. Si je ne disais rien, j'avais moins l'impression de mentir. Je lui ai montré les oiseaux qui faisaient des piqués tout autour de nous, gros, sombres et effrayants.

– Regarde. Tu crois que ce sont des aigles ? ai-je demandé, même si je savais que ça n'en était pas.

– Ce sont des vautours aura, a-t-elle répondu avant de m'embrasser le sommet du crâne. Je vais être en retard. À tout à l'heure, ma puce.

Les vautours ont encore tournoyé une minute, puis ils se sont posés dans l'arbre, s'enfouissant entre les feuilles jusqu'à ce que je ne les voie plus.

18

Tous les jours, ma mère allait à son cours de gym, puis faire des courses, et je devais veiller sur Miles. Nous faisions toujours la même chose. On se préparait des sandwiches banane-beurre de cacahouètes et du lait chocolaté pour le déjeuner, puis on regardait un feuilleton vraiment mauvais que ma mère ne nous aurait jamais autorisés à regarder. Mais elle n'en savait rien. Quand elle rentrait à la maison, on lui racontait toujours qu'on avait fait des activités manuelles et joué à des jeux.

Le feuilleton s'appelait *Les Époques de nos saisons*, ce qui ne voulait pas dire grand-chose, quand on prenait la peine d'y réfléchir. Chaque épisode commençait par le même générique : une femme sublime et un homme séduisant marchant le long d'une plage, sur lesquels se superposait une horloge en train de tourner.

Notre personnage préféré, Harley, avait été enterrée vivante (et quand je dis enterrée, c'est bien enterrée, dans un cercueil en pleine terre et tout le tintouin) par son ennemie jurée, Celeste. Celle-ci avait installé une sorte de talkie-walkie à l'intérieur du cercueil pour lui parler, ainsi qu'un tube par lequel elle lui envoyait de la nourriture. Rien d'autre. Harley devait rester allongée dans cette boîte, jour après jour.

Il *fallait* qu'on la voie sortir.

Il y avait plein d'autres histoires dans *Les Époques de nos saisons*. Des morts, des divorces et tout ce qui va avec.

D'aucuns auraient pu croire que ce n'était pas un choix très judicieux pour deux enfants ayant perdu un père et un frère dans un accident.

Mais c'était tellement mal fait que ça en devenait parfait.

– Dépêche-toi ! a crié Miles, dans le salon. Ça commence !

J'ai enfoncé des pailles dans notre lait chocolaté et je suis allée m'asseoir à côté de lui.

Harley est apparue à l'écran, toujours dans son cercueil, vêtue de la robe en soie blanche dans laquelle elle avait été enterrée alors qu'elle était inconsciente. Ses cheveux bruns s'étalaient sur son oreiller en satin. Son maquillage était encore parfait – rouge à lèvres prune, mascara, eye-liner à paillettes. Elle tapait des deux mains sur le couvercle de son cercueil. « Celeste! criait-elle. Laisse-moi sortir! Tu sais que ce n'est pas juste vis-à-vis de Rowan! » (Rowan était l'homme que Celeste et Harley aimaient toutes les deux. C'était à cause de lui que Celeste avait enfermé Harley sous terre, pour le garder rien que pour elle.)

– Tu penses qu'on va apprendre comment elle fait pour aller aux toilettes, cette fois-ci? a demandé Miles.

– Tais-toi, ai-je répondu. Il faut écouter.

Nous pensions qu'elle allait peut-être sortir aujourd'hui.

Nous nous trompions.

Ils ne pouvaient pourtant pas la laisser là-dedans pour toujours.

19

Ce soir-là, au travail, aucun têtard n'est venu et j'ai vendu trente-trois programmes, ce qui m'a tellement fait plaisir que je me suis acheté une tartelette au citron à la fin de la soirée, au moment où ils les vendaient à moitié prix.

Miles m'avait attendue pour me dire qu'il avait sucé une Boule de Feu en entier.

– Maman était là, a-t-il précisé. C'était devant témoin.

– Qu'est-ce que tu vas bien pouvoir faire de ta vie maintenant?

– Oncle Nick dit qu'à mon âge il était capable de se mettre une Boule de Feu dans chaque joue. Et de les sucer jusqu'à ce qu'elles aient toutes les deux disparu.

– C'est de la folie.

– C'est du génie.

J'ai mangé les lasagnes de la mère de Leo pour le dîner.

Et quand je suis montée dans ma chambre, il y avait à nouveau quelque chose sur le rebord de ma fenêtre.

Il s'agissait d'une brosse à dents violette. Elle n'était plus dans son emballage, mais ses poils n'étaient pas sales.

Tout comme le tournevis, elle avait à peu près la taille et le poids d'un objet que Ben aurait aimé.

Une forme noire a volé devant ma fenêtre.

« Ce sont peut-être les oiseaux qui les amènent, ai-je pensé alors que la brise soufflait dans la pièce. Maman ouvre parfois les fenêtres, le soir, pour aérer. »

J'ai imaginé les oiseaux noirs atterrir sur le rebord de ma fenêtre. Passer ma chambre en revue sans que je sois là pour leur dire : « Allez-vous-en. »

Ces oiseaux étaient comme des fantômes qui allaient et venaient.

Je n'avais jamais vu de fantôme.

Mais certaines personnes croyaient avoir vu celui de Lisette Chamberlain dans les tunnels.

J'ai alors eu une pensée bizarre. « Et si c'était le fantôme de Lisette Chamberlain qui me laissait ces objets ? »

Je me suis retournée lentement pour contempler la porte de la chambre que j'avais choisie. Violette. Le violet était la couleur préférée de Lisette. Et j'avais choisi cette chambre alors que ce n'était même pas la mienne.

Et nous avions les mêmes initiales, bien qu'inversées. Cedar Lee, Lisette Chamberlain.

CL-LC.

« Tu passes trop de temps dans les cimetières, me suis-je dit. Tu participes à trop de visites sur des personnes disparues. Et tu regardes trop de feuilletons sur des personnes enterrées vivantes. »

Des oiseaux ou des fantômes. Aucune de ces possibilités ne m'a aidée à trouver le sommeil.

Quand j'ai fini par m'endormir, j'ai rêvé de moyens de dépenser l'argent que je gagnais au travail. Et si j'achetais à Miles des boîtes et des boîtes de Boules de Feu ? Un service entier de cuillères en argent que Ben pourrait agiter dans tous les sens ? Ou un gant de base-ball flambant neuf pour mon père ? Mais je n'ai rêvé de rien pour ma mère. Ni pour moi.

ACTE II

1

L'un des têtards a obtenu un job de vendeur quelques jours plus tard.

Il s'appelait Cory.

Toutes les filles de notre âge en pinçaient pour lui, sauf moi. Maddy et Samantha riaient dès qu'il ouvrait la bouche, alors qu'il ne disait jamais rien de drôle.

– J'ai besoin d'argent pour m'acheter des amortisseurs de vélo, a-t-il annoncé lors de son premier jour. C'est le seul endroit en ville qui embauche des jeunes de notre âge.

Il semblait tenir à ce que tout le monde sache qu'il était trop cool pour ce job.

D'après Maddy, Cory avait des relations.

– Son père connaît tout le monde, disait-elle.

Quand il passait près de nous, mais pas assez près pour m'entendre, je faisais des bruits douteux, comme s'il pétait à chaque pas. Je gardais chaque fois un visage impassible et Leo se retenait tellement de rire qu'il en devenait tout rouge. Il me trouvait drôle. À croire que c'était l'une de mes principales caractéristiques. J'adorais ça.

J'ai aussi adoré quand Gary s'est mis en colère contre Cory parce qu'il n'avait pas porté son chapeau de paysan pendant une partie de son premier jour de travail.

– Tu es en Angleterre ! lui a-t-il lancé. Encore un coup comme ça et je te renvoie !

– Le père de Cory ne doit pas connaître Gary, ai-je soufflé à Samantha, et elle a ri aussi.

Leo n'était peut-être pas le seul à me trouver drôle, alors.

2

Leo et moi passions devant les stands en faisant des bruits de pets lorsqu'il s'est arrêté subitement et m'a attrapé le bras.

– Regarde ! a-t-il lancé. Juste là. Daniel Alexander.

Il s'agissait de l'homme qui avait fondé le Summerlost Festival, pas loin de cinquante ans plus tôt. Il savait tout sur le festival et s'impliquait encore dans son organisation. De temps à autre, on le voyait traverser la cour, et si vous étiez assez proche pour lui dire bonjour, il vous répondait toujours. Il saluait tout le monde, alors qu'il était célèbre. À vrai dire, il me rappelait Leo, avec son visage qui s'illuminait.

Leo lui avait dit bonjour cinq fois.

Je lui avais dit bonjour zéro fois.

– Viens, a soufflé Leo. Aujourd'hui, c'est le grand jour.

– Le jour où je vais finalement lui parler ? Ou le jour où tu vas lui demander si tu peux l'interviewer au sujet de Lisette Chamberlain ?

– Le jour où tu vas lui parler.

– Je n'en reviens pas que tu sois aussi poule mouillée. On dirait presque que tu as peur de lui.

– Oh, mais c'est le cas.

– Il est pourtant si gentil !

– Justement. C'est encore pire quand les gens gentils se mettent en colère. Et il sera furieux s'il apprend que j'organise une visite guidée sur son amie.

– Mais il pourrait t'apprendre tellement de choses.

– Tais-toi. Il est juste là.

Daniel Alexander s'était effectivement arrêté près de nous pour consulter un panneau recensant les activités du festival pour la journée. Des gens commençaient déjà à se tourner vers lui, prêts à l'assaillir. C'était le moment ou jamais.

– Bonjour ! ai-je lancé.

J'avais sans doute parlé fort, parce qu'il s'est retourné en sursautant et a renversé sa boisson violette sur ma jupe et mon chemisier.

– Oh non ! s'est-il exclamé. Je suis désolé.

– C'est du vin ? a demandé Leo.

Daniel Alexander est parti de son rire fantastique et de plus en plus de monde a regardé dans notre direction. Y compris Cory le crétin. Y compris Gary. Mince !

– Grands dieux, non! a-t-il répondu. C'est ma boisson santé. J'en bois tous les matins. Ce n'est pas bon, mais c'est censé préserver ma jeunesse. (Il a fouillé dans sa poche et en a sorti un mouchoir qu'il m'a tendu.) Malheureusement, elle contient des fruits rouges qui tachent terriblement. Bon. Il n'y a pas lieu de s'inquiéter, ma chère. Tu vas descendre à l'atelier de costumes et ils arrangeront ça. Demande Meg.

J'ai hésité. Gary n'avait-il pas dit qu'il valait mieux ne pas se mettre Meg à dos, ce qui risquait d'arriver si je me présentais à elle dans un costume taché?

Du coin de l'œil, j'ai vu Gary se diriger vers nous.

Je pouvais soit le laisser me crier dessus, soit tenter ma chance avec l'inconnu.

– File! a chuchoté Leo.

3

L'escalier menant à l'atelier de costumes sentait le vieux, comme l'école primaire de mon père, qu'il nous avait fait visiter une fois où nous étions allés à Portland. Un linoléum moucheté recouvrait le couloir du sous-sol. Le plafond semblait bas et les lumières vrombissaient.

Je suis passée devant des portes marquées d'un panneau PERRUQUES et MAQUILLAGE, me dirigeant vers le panneau COSTUMES, au bout du couloir. Le moindre bruit semblait résonner. J'ai essayé d'empêcher mes sandales de couiner ou de claquer.

Je me suis plantée dans l'embrasure de la porte de l'atelier de costumes et, comme personne ne relevait la tête, je suis restée là à examiner l'intérieur. Des rangées et des rangées de portants chargés de vêtements encombraient toute la pièce. Des étagères dans le fond. Des machines à coudre, des planches à repasser et de longues tables avec des chaises. Un minifrigo près de la porte. Quatre ou cinq hommes et femmes de l'âge d'aller à la fac s'affairant à différentes choses. Une femme assise devant un ordinateur, dans un coin. Et une dame asiatique plus âgée, aux cheveux blancs et courts, assise à l'une des tables, un mètre de couturière à la main, des lunettes pendues à une chaîne autour de son cou, un tablier noir par-dessus son chemisier et son pantalon.

C'est elle qui a levé les yeux en premier.

– Je peux t'aider ?

– Je cherche Meg.

– C'est moi.

– Daniel Alexander m'a dit de venir vous voir. Au sujet de mon costume. Il a renversé sa boisson dessus.

– Évidemment. Attends ici. Je vais te trouver quelque chose à te mettre.

Elle est revenue avec une tenue complètement différente des chemisiers de paysanne blancs et des jupes à motifs floraux. Il s'agissait d'une robe vert foncé à la jupe évasée, avec des rubans cousus à l'intérieur.

– Dis à Gary qu'il devra faire avec aujourd'hui, a-t-elle lancé. Je n'ai plus de costumes de vendeuse à ta taille. Celui-ci a été utilisé il y a des années dans le numéro des enfants du Prélude.

– D'accord. Merci.

– Reviens demain. J'aurai fait nettoyer ton costume. Je ne veux pas que tu le ramènes chez toi et que la tache s'incruste pour de bon parce que tu t'y seras mal prise.

– D'accord, ai-je répété.

Après avoir passé la robe, j'ai réprimé mon envie de tourner sur moi-même pour voir voler la jupe. Elle ne datait pas d'hier, mais elle ne sentait pas le vieux. Et soudain, une pensée intéressante m'a traversé l'esprit. « Si Meg confectionne des costumes depuis si longtemps que ça, elle a peut-être connu Lisette Chamberlain. »

– Tu es une Lee, n'est-ce pas ? a-t-elle demandé. La petite-fille de Ralph et Naomi Carter ?

– Oui, ai-je répondu, surprise.

Je n'aurais pourtant pas dû l'être : mes grands-parents vivaient à Iron Creek depuis de nombreuses années, ma mère avait grandi ici, et la ville n'était pas si grande que ça.

– J'ai entendu dire que vous aviez acheté une maison ici.

J'ai hoché la tête.

– L'ancienne maison des Wainwright, ai-je précisé.

– Ah. Cette maison a quelques cadavres dans le placard.

J'ai dû prendre un air interloqué, parce qu'elle a ajouté :

– Enfin, c'est une façon de parler. C'est une jolie

maison. Et je parie que ta mère travaille dur pour la rénover.

– Oui. Elle construit une terrasse.

– C'est bien. Comment tu t'appelles ?

– Cedar.

– Et tu travailles pour Gary.

– Oui.

– On aurait bien besoin de quelqu'un pour nous aider à l'atelier, nous aussi, a-t-elle repris en désignant les locaux et les gens qui y travaillaient. On a beaucoup de projets supplémentaires cet été. Mais on a déjà dépensé tout notre budget pour embaucher du monde. Et je doute que tu sois une délinquante juvénile cherchant des heures de travaux d'intérêt général.

– En effet.

– C'est bien ce que je pensais. Rapporte la robe demain.

4

– Sympa, a commenté Leo en me voyant. Tu es censée être une princesse ou quelque chose comme ça ?

– Évidemment.

– Waouh !

– Ils n'avaient rien d'autre à ma taille.

– Alors, c'était comment, l'atelier de costumes ?

– Bien. Meg est plutôt gentille, en fait. Peut-être qu'elle ne fait peur qu'à Gary.

– Je suppose que c'est logique que vous vous entendiez bien, toutes les deux.

– Pourquoi ?

– Elle est coréenne.

Je l'ai dévisagé.

– Elle a des ancêtres coréens, quoi, a-t-il ajouté, comme si j'avais juste besoin d'explications.

– Je n'ai pas d'ancêtres coréens. Ce n'est pas

parce que Meg et moi ne sommes pas blanches à cent pour cent que nous avons automatiquement des choses en commun. C'est stupide, comme remarque.

J'avais l'habitude de ce genre de phrases. Iron Creek était une petite ville, et même dans la ville plus grande où nous vivions, on m'avait dit des trucs pareils, pas par méchanceté, la plupart du temps, mais simplement parce que les gens sont stupides.

Parfois, on me demandait même si j'avais été adoptée, ce que je détestais par-dessus tout. J'avais les cheveux bruns et lisses de mon père et les yeux de la même couleur que les siens. Cette question me donnait l'impression de ne pas être la fille de ma mère parce que les gens qui ne nous observaient pas assez attentivement trouvaient que je ne lui ressemblais pas. Alors qu'en réalité nous nous ressemblions beaucoup, malgré ses yeux bleus et ses cheveux blonds.

J'étais furieuse que Leo ait dit ça.

– Je suis désolé, s'est-il excusé. Vraiment désolé. Je ne voulais pas…

Je voyais bien qu'il était sincèrement confus, parce que, pour la première fois depuis que je le connaissais – même quand les têtards l'avaient embêté –, il avait pâli. Et pour la première fois, il ne savait pas quoi dire.

Mais j'étais quand même en colère.

Juste à ce moment-là, Cory est passé à côté de nous et a fait tomber le chapeau de Leo.

– Tu ferais mieux de laisser ta petite amie se remettre au travail, a-t-il lancé.

Je détestais ses sourcils clairs ridicules et sa peau tannée par le soleil.

Leo a ramassé son chapeau. Une dame s'est approchée et lui a demandé un programme. Il le lui a vendu sans aucun accent.

En l'observant, je me suis rendu compte que lui aussi savait ce que c'était d'être différent. De désirer de grandes choses dans une toute petite ville. D'être l'objet de moqueries. Il n'était pas aussi différent que moi, mais il ne faisait pas non plus partie de ces gens chanceux qui sont toujours à leur place. Et j'ai pensé à la première fois où j'avais travaillé avec lui, à ce que j'avais vu. Il aimait le monde – c'était ce que j'aimais le plus chez lui –, mais le monde ne le lui rendait pas toujours.

– Est-ce que les gens pensent qu'on sort ensemble ? lui ai-je demandé.

Il a paru (en grande partie) soulagé que je change de sujet.

– Non, pour la plupart. Je raconte aux gens que nous sommes cousins pour qu'ils ne trouvent pas ça bizarre qu'on soit tout le temps ensemble.

J'ai poussé un grognement.

– Leo, c'est une très mauvaise idée ! Ils vont nous prendre pour des cousins qui sortent ensemble.

– C'est dégoûtant.

– Je sais. En plus, on ne se ressemble même pas. Pourquoi raconter une chose pareille ?

– Si, on se ressemble ! On se ressemble beaucoup. On est tous les deux petits et on a tous les deux des cheveux bruns et des taches de rousseur. Et on a les mêmes sourcils.

– Ah bon ?

J'avais des sourcils diaboliques, moi aussi ?

5

Sur le chemin du retour, nous nous sommes arrêtés près du chantier de construction du nouveau théâtre.

Les ouvriers coulaient les fondations.

– Ce ne sont que de gros cratères remplis de ciment, a commenté Leo. Pas de tunnels, ici. Pas de mystère.

– C'est quoi cette obsession pour les tunnels ?

– C'est le seul endroit, parmi ceux que Lisette a fréquentés, que nous n'avons pas visité. Peut-être qu'on verrait son fantôme.

– Tu n'y crois quand même pas vraiment ?

– Certaines personnes affirment l'avoir vu. Et même si on ne le voit pas, c'est notre dernière chance d'en avoir le cœur net. À la fin de l'été, le vieux théâtre et les tunnels seront détruits, et alors on ne saura jamais.

Quand le policier était venu parler à ma mère des circonstances de l'accident, je m'étais cachée dans le couloir près de la salle de séjour pour épier leur conversation. Elle lui avait posé tellement de questions, dont certaines qu'elle avait déjà posées auparavant. « Comment cela a-t-il pu arriver ? Ont-ils souffert ? Pourquoi ce conducteur était-il au volant ? »

Il avait répondu qu'il pensait que c'était arrivé très vite, autant pour mon frère et pour mon père que pour le conducteur ivre qui les avait heurtés, mais à toutes les autres questions, il avait répondu « On ne sait tout simplement pas ».

« On ne sait tout simplement pas. »

Certaines choses disparaissent pour de bon. On ne peut pas les retrouver. On ne peut pas savoir ce qui s'est passé. Jamais.

– Meg m'a demandé si je voulais devenir bénévole. Peut-être qu'en travaillant dans l'atelier de costumes, je pourrais apprendre quelque chose sur les tunnels. Peut-être sur Lisette, aussi. Meg travaille là depuis longtemps.

– Ce serait génial, a dit Leo.

Il avait l'air impressionné. J'ai décidé d'en profiter.

– Mais à partir de maintenant, tu devras me payer équitablement pour la visite guidée.

– D'accord.

– Et ne plus jamais, jamais raconter que nous sommes cousins.

– Compris.

– Et…

– Hé ! tu ne crois pas que ça suffit ?

– Il pourrait y avoir d'autres choses. Je te tiendrai au courant quand ça me reviendra.

6

Ce soir-là, mon oncle Nick est venu aider ma mère. J'étais toujours contente qu'il passe parce qu'alors, elle n'était pas toute seule dehors. Elle voulait terminer la terrasse avant notre départ et cela lui prenait plus de temps qu'elle ne l'avait espéré, si bien qu'elle travaillait souvent jusque tard le soir, quand la nuit rafraîchissait l'atmosphère.

Nick avait accroché une lumière à l'arrière de la maison pour qu'ils puissent y voir clair pendant qu'ils travaillaient. J'avais espéré qu'elle ferait peur aux vautours, mais ils n'étaient pas partis. Parfois, les bruits de ponçage s'arrêtaient et, quand je regardais en bas, soit Nick était rentré chez lui, soit lui et ma mère discutaient.

Je n'avais jamais vraiment pu parler avec Ben comme je parlais avec Miles, mais j'avais quand même réussi à le comprendre. Au début, dans ses premières années, il avait beaucoup crié et on n'avait pas pu lui dire grand-chose. Mais les choses s'étaient un peu tassées, après plusieurs thérapies et une fois que mes parents avaient appris à l'aider un peu mieux, et j'avais presque pu avoir de courtes conversations avec lui. Par exemple, il demandait : « Est-ce que tu veux des Lego pour Noël ? » et je répondais : « Non, je veux un appareil photo. Et toi, est-ce que tu veux des Lego pour Noël, Ben ? » Alors il me décochait un immense sourire en répondant oui et je savais que j'avais dit ce qu'il voulait.

Aussi, les fois où nous étions allés skier ensemble, j'avais vu à l'expression de son visage qu'il éprouvait la même chose que moi. De la paix. Du bien-être. Je le voyais inspirer profondément quand nous nous engagions sur les pistes et je savais qu'il humait l'odeur des pins. Nous nous ressemblions beaucoup lorsque son visage était au repos. Je ne l'avais jamais remarqué jusqu'à ce que mon père nous montre une photo prise à l'occasion d'une de ces journées en montagne.

Nous ne nous étions pas préoccupés de ça, l'hiver dernier. Ma mère n'avait sorti ni les skis ni les porte-skis. Elle n'était pas aussi bonne skieuse que mon père et conduire dans la neige lui faisait peur, même si c'était elle qui avait vécu dans la neige toute sa vie, alors que mon père venait de Portland, où il en tombait beaucoup moins. Nous n'avions même pas

évoqué la possibilité d'y aller. Et ça ne m'avait pas
mise en colère. Je n'en avais pas eu envie non plus.
Miles peut-être, mais si c'était le cas, il n'en avait
rien dit.

7

J'enfilais mon jean et mon T-shirt noirs, tôt un matin, lorsque j'ai entendu Miles brailler et ma mère se précipiter dans sa chambre.

D'ordinaire, il ne faisait pas de cauchemars. Pas même après l'accident.

J'ai parcouru le couloir sur la pointe des pieds et j'ai entendu ma mère le calmer et Miles dire quelque chose à propos de Harley.

Oh, oh.

J'ai poussé la porte.

– Tout va bien ?

– Miles a fait un mauvais rêve, a répondu maman, apparemment secouée. Il a rêvé qu'il était enterré vivant.

– Ce n'est rien, maman, l'a-t-il rassurée.

Et alors, avant que je puisse l'arrêter, il a ajouté :

– C'est dans une série qu'on regarde, avec Cedar.

– Quoi ? a demandé maman en se tournant vers moi. Dans quel genre de série voit-on des gens enterrés vivants ?

– Ce n'est pas pour de vrai, a repris Miles qui, s'il transpirait encore, avait retrouvé une voix normale. Personne n'est vraiment enterré vivant dans *Les Époques de nos saisons*. C'est pour de faux.

– Tu as laissé Miles regarder *Les Époques de nos saisons* ? m'a lancé maman, furieuse. Même toi tu ne devrais pas regarder ça, alors lui !

– Je sais, ai-je répondu. Je suis désolée. On l'a regardée un jour et on s'est laissé prendre.

– Cette série est nulle, a dit maman. Comme tous les feuilletons de ce genre. Et en plus, elle a l'air malsaine.

– Maman, est intervenu Miles qui, maintenant qu'il était pleinement réveillé, commençait à paniquer, prenant conscience de ce qu'il avait fait. Tu dois nous laisser terminer. Il faut qu'on voie ce qui va arriver à Harley.

– Pas question.

– On ne la regardera plus, ai-je dit. Je le promets.

– Il le faut ! a insisté Miles. Il faut qu'on voie Harley sortir !

– Non, certainement pas, a dit maman. Cedar Lee, il faut qu'on parle.

8

J'étais presque en retard pour mon rendez-vous avec Leo. Après m'avoir privée de sortie pendant deux semaines, à part pour aller courir et me rendre au travail (ce qui, en gros, revenait à ne pas me punir, puisqu'il s'agissait de mes deux seules sorties, ce que je me suis bien gardée de lui faire remarquer), et avoir décrété qu'elle allait suspendre notre abonnement télé « ce matin même », ma mère a marqué un temps d'arrêt.

– Pourquoi portes-tu un jean pour aller courir ?

– J'étais en train de m'habiller quand j'ai entendu Miles, alors j'ai enfilé le premier truc qui m'est tombé sous la main.

C'était plutôt pas mal, comme mensonge. Je me suis dirigée vers ma commode et j'en ai sorti un vieux pantalon de survêtement noir, du genre que portent les gens qui ne courent pas vraiment.

– Tu vas avoir trop chaud, a-t-elle dit.

– Non, je t'assure. Je l'ai déjà porté. Ça ira.

Elle est retournée se coucher et j'ai gardé le pantalon pour sortir au cas où elle me regarderait par sa fenêtre.

– J'ai pensé à une autre chose que tu pourrais faire pour moi, ai-je lancé quand j'ai retrouvé Leo.

– Quoi ?

– Mon frère et moi avons besoin d'un endroit où regarder *Les Époques de nos saisons*.

– Qu'est-ce que c'est que ça ?

– Un feuilleton vraiment nul.

– Sérieusement ?

– Je suis très sérieuse.

Miles ne s'en remettrait jamais s'il ne voyait pas Harley sortir de cette boîte. Et elle en sortirait. Je le savais.

Non ?

9

Dans la ville où je vivais vraiment, on trouvait des hôtels chics contenant de bons restaurants, des halls d'entrée ornés de lustres, et même, pour deux d'entre eux, une salle de bal.

L'*Iron Creek Hotel*, où Lisette était décédée, ne leur ressemblait pas.

D'après Leo, il ne leur ressemblait pas davantage à l'époque de Lisette Chamberlain.

– Même si c'était mieux à l'époque, disait-il aux gens lorsqu'il leur faisait la visite, ça n'a jamais été chic. Il s'agissait pourtant du meilleur hôtel de la ville, mais ça ne veut pas dire grand-chose.

L'*Iron Creek Hotel* n'en demeurait pas moins le point fort de la visite guidée, en grande partie grâce à Paige, la réceptionniste.

Elle travaillait de six heures à onze heures tous les matins en semaine et avait un faible pour l'un des grands frères de Leo, si bien que ce dernier l'avait persuadée de nous laisser entrer dans l'hôtel.

– Et qu'est-ce qu'elle gagne en échange ? avais-je demandé.

– Le numéro de téléphone de Zach. À la fin de l'été.

Paige était vraiment marrante. Elle avait de superbes cheveux longs qu'elle tressait toujours de manière hyper-cool et elle portait des lunettes et des bottes de motard avec son uniforme de travail. Elle avait une voix très douce, bien que la plupart de ses propos ne le soient pas.

C'était à mon tour de mener la visite de l'hôtel.

– Comme vous le savez, ai-je dit à nos clients (une famille cette fois-ci, dont la mère était beaucoup plus enthousiaste que les enfants et le mari, et un homme plus âgé, d'environ soixante-cinq ans), Lisette Chamberlain est décédée à l'*Iron Creek Hotel* dans des circonstances mystérieuses.

Quelqu'un est entré dans le hall et a demandé à Leo où était servi le petit déjeuner continental.

Il lui a indiqué la bonne direction.

– Quelles circonstances mystérieuses ? a demandé l'un des enfants, qui avait environ dix ans, des cheveux hérissés et un sacré caractère. Drogues ? Suicide ?

– Non, ai-je répondu.

– Meurtre ? a demandé son petit frère.

– Je vais vous montrer la chambre où elle est décédée et je vous raconterai la fin de l'histoire.

La direction de l'hôtel n'avait pas voulu transformer la chambre en lieu de pèlerinage, d'autant plus qu'elle avait besoin de cet espace, mais pendant un moment, personne n'avait voulu y dormir, les gens craignant que cela ne leur porte malheur. On l'avait donc transformée en placard de service.

Quand on y pénétrait, on voyait des serviettes repliées sur des étagères blanches. Des flacons de lave-vitre bleu vif brillants comme des joyaux. Des bouteilles d'eau de Javel. On sentait une odeur de lavande de synthèse, et celle des savons et des lotions réservés aux clients. On se rendait bien compte que ce placard avait été une chambre autrefois ; les employés de l'hôtel se servaient d'ailleurs toujours de la salle de bains.

– C'est ici qu'est morte Lisette Chamberlain, ai-je poursuivi. Sa chambre ne ressemblait pas à ça, bien sûr. Le lit était ici, à la place des serviettes. Mais la salle de bains n'a pas beaucoup changé. Ils ont remplacé le carrelage et les équipements, mais la disposition est la même.

– Est-ce qu'elle est morte dans la salle de bains ? a demandé le garçon plus âgé.

Le plus jeune a éclaté de rire.

– Non, ai-je répondu en jetant un coup d'œil à Leo, qui a levé les yeux au ciel. Elle est morte dans son lit. Ils l'ont retrouvée là le jour où elle était censée quitter l'hôtel, alors qu'elle ne s'était pas présentée à la réception.

– Elle est morte comment, alors ? a demandé le plus grand. Tu es sûr que ce n'était pas une overdose ?

L'homme âgé lui a lancé un regard mauvais.

– Elle est morte d'une crise cardiaque. Elle était toute seule.

Le garçon a poussé un gros soupir d'ennui. Le père a regardé sa montre. La mère a posé une question sur Lisette à Leo. Le vieil homme a croisé mon regard et, l'espace d'une seconde, cette étrange sensation de compréhension qui se produit parfois entre deux parfaits inconnus est passée entre nous.

Ce doit être terrible de mourir d'une crise cardiaque, toute seule.

C'est terrible de mourir.

Tout le monde est sorti en file indienne et Leo s'est mis à leur parler du prochain arrêt, le cimetière.

J'étais la dernière à sortir, alors j'ai fermé la porte.

10

– Ce type est vraiment mauvais acteur, a dit Leo.

– On sait, avons-nous répondu, Miles et moi.

– Ses cheveux sont trop bizarres.

– On sait !

Nous étions assis au sous-sol de chez Leo, sur son canapé. Il avait mis *Les Époques de nos saisons* pour nous. Nous étions arrivés quinze minutes avant le début avec nos sandwiches et notre lait chocolaté. J'avais aussi préparé un sandwich pour Leo. Il avait retiré la tranche du haut et contemplé le beurre de cacahouètes et la banane avant de dire «Vous êtes trop bizarres, tous les deux», mais il l'avait mangé quand même.

C'était la première fois que je rencontrais des membres de sa famille. Ses parents étaient au travail, mais il avait deux grands frères, tous deux au lycée, et qui jouaient au football américain. Jeremy et Zach. Ils étaient immenses. Et tout transpirants. Après nous avoir dit bonjour, ils ne nous ont quasiment plus prêté attention. Ils se sont fait leurs propres sandwiches et se sont assis à la table de la salle à manger.

– On va regarder la télé en bas, leur a lancé Leo alors que nous quittions la cuisine.

– Qu'est-ce que vous regardez ? a demandé l'un d'eux, Jeremy, je crois.

– *Les Époques de nos saisons*, a répondu Leo.

Ils ont éclaté de rire.

Nous avons allumé la télé au moment où le couple finissait de marcher sur la plage et où l'horloge se mettait à tourner. Miles s'est penché en avant.

L'épisode n'a pas commencé par l'histoire de Harley, mais par celle d'un jumeau qui se faisait passer pour son frère dans le but de lui piquer son argent et sa petite amie. Le frère était en voyage d'affaires, qui en réalité n'en était pas un, puisqu'il menait une sorte d'activité d'espionnage ultrasecrète.

«Tu n'embrasses pas comme d'habitude», murmurait la petite amie au jumeau.

«Vraiment ? répondait-il. Mieux ?»

Miles a enfoui son visage dans un coussin, gêné, et j'ai regardé droit devant moi. C'était humiliant. Je n'avais pas réfléchi à ce que cela me ferait de regarder ça juste à côté de Leo.

Mais celui-ci n'avait pas l'air mal à l'aise. Il était mort de rire.

– Ce n'est même pas crédible !

– On sait ! avons-nous répondu.

– La seule chose qui nous intéresse, c'est l'histoire de Harley, ai-je expliqué.

Le couple avec le méchant jumeau a enfin fini de s'embrasser et elle est alors apparue. Dans son cercueil.

– C'est Harley, a précisé Miles en la pointant du doigt.

– J'avais deviné, a dit Leo.

– On ne sait toujours pas comment elle fait pour aller aux toilettes, a ajouté Miles, ce qui a encore fait rire Leo.

– Chut ! leur ai-je sifflé, et ils se sont tus.

C'était un grand jour.

Nous avons découvert comment Celeste avait réussi à faire passer Harley pour morte suffisamment longtemps pour tromper tout le monde lors des funérailles.

Grâce à des herbes.

– Waouh ! a fait Miles en se laissant aller en arrière à la fin de la scène. Elle était bien, celle-là.

– Ah bon ? a demandé Leo.

– D'un point de vue informatif, oui, ai-je répondu. On a appris quelque chose qu'on ignorait auparavant.

– Harley n'est pas très bonne actrice non plus, a-t-il fait remarquer, et quand je l'ai foudroyé du regard, il a levé les bras en l'air. Je dis ça comme ça.

– Est-ce que Lisette Chamberlain était bonne actrice quand elle jouait dans des feuilletons ? ai-je demandé. Je ne l'ai vue que dans des films.

– Attends, tu veux dire que tu n'as jamais vu d'images d'elle sur scène à Summerlost ?

– Non. Et toi ? Elles existent ?

– Oui et oui.

L'un des frères de Leo a dévalé les escaliers et nous nous sommes tus une seconde.

– On peut emprunter de vieilles pièces filmées aux archives du Summerlost, a-t-il repris. J'ai ma carte. Ma mère m'a aidé à l'obtenir.

– Ta famille est fan de Lisette Chamberlain ou quoi ?

– Non, juste moi.

– Mais ils doivent adorer le Summerlost Festival, alors ?

– Nan. Ils sont tous fans de foot américain. J'aime bien ça aussi, mais seulement en tant que spectateur. Pas en tant que joueur, comme Zach et Jeremy.

Non seulement Leo n'était pas à sa place avec les gamins qui le tourmentaient, mais il ne semblait pas non plus à sa place dans sa propre famille.

Nous sommes remontés au rez-de-chaussée.

– Merci, Leo, ai-je dit devant la porte d'entrée.

– Pas de problème.

Zach s'est pointé derrière lui.

– Vous êtes les enfants Lee ? a-t-il demandé. Ceux qui ont emménagé il n'y a pas très longtemps ?

– Oui, a répondu Leo d'une voix agacée. Je te l'ai dit tout à l'heure, quand ils sont arrivés.

– Tout le quartier est furax contre votre mère parce qu'elle va louer la maison à des étudiants pendant l'année scolaire.

– C'est autorisé dans cette zone, ai-je répondu.

Ça faisait un peu pimbêche, mais ça m'était égal. J'avais entendu oncle Nick dire à ma mère que les gens étaient contrariés que nous prévoyions de louer la maison alors que personne d'autre ne le faisait dans la rue.

– Je sais, a dit Zach en se dirigeant vers l'évier pour y déposer ses couverts. Et on peut toujours espérer que vous la louiez à des filles. Des étudiantes canon. Personnellement, je n'y verrais aucun inconvénient.

– On va la louer à des filles, a répondu Miles. Maman dit qu'elles sont plus soigneuses que les mecs.

– On veut revenir tous les étés, ai-je ajouté, et louer la maison est le seul moyen qui nous permette de la garder.

– On vous défendra, a dit Leo. On essaiera d'influencer les voisins.

– C'est sûr, a renchéri son frère.

Il a ébouriffé les cheveux de Leo, qui l'a repoussé.

Mais ils souriaient tous les deux. J'ignorais à quoi pensait Miles alors que nous rentrions à la maison, mais moi, je pensais à Leo. Je m'étais trompée : il était à sa place dans sa famille. Et j'aurais dû le savoir, car c'est l'une des choses dont je suis certaine : il est possible d'être différent et d'appartenir quand même à sa famille. D'en être aimé à la folie.

Depuis l'accident, je craignais que Ben ne l'ait pas su. Ou ne l'ait pas ressenti.

Mais je crois que si.

Il devait bien le savoir, non ?

Après tout, nous avions organisé toute notre vie autour de lui. Toutes les thérapies. Toujours aller au restaurant en dehors des heures de pointe pour qu'il ne panique pas à cause du monde. Toujours se prêter au jeu quand il voulait porter son costume d'Halloween pendant des mois de suite. L'écouter répéter les mêmes choses encore et encore quand il était stressé. Foudroyer du regard les inconnus qui le toisaient d'un air mauvais. Ça avait été dur, parfois, mais nous l'avions tous fait, pendant des années.

Je ne me souviens pas que des choses difficiles à propos de Ben, cela dit. Je me souviens de ses cheveux ébouriffés, de ses cris, mais aussi des fois où il riait. Je me souviens de ses yeux hagards, mais aussi très, très profonds. Je me souviens de lui quand il était bébé, puis bambin, à l'époque où il était mignon et drôle et où aucun de nous, y compris lui, ne se doutait de la tournure que prendraient les choses. Et je me souviens qu'il s'était mis à parler de plus en plus cette dernière année et qu'il avait aimé me tenir la main lors des passages effrayants, dans les films. Il la relâchait dès que la scène effrayante se terminait, mais tant qu'elle durait, il la serrait vraiment fort.

Je l'avais aimé. Je l'avais enfin aimé à nouveau, et puis il était parti.

11

Lorsque je suis descendue à l'atelier de costumes avant d'aller travailler, Meg n'était pas à la table où je l'avais vue la veille.

– Elle est à l'arrière, a dit une femme qui repassait un long morceau de tissu. Je vais la chercher.

Celle qui travaillait à l'ordinateur ne s'est pas retournée.

Il faisait chaud dans la pièce. Un ventilateur tournait, et chaque fois qu'il soufflait dans ma direction, le sac-poubelle dont je m'étais servie pour protéger le costume de la veille se plissait et mes cheveux me volaient dans les yeux.

Meg a rapporté mon costume sur un cintre.

– Il est prêt, a-t-elle dit, et je lui ai rendu la robe.

L'air du ventilateur faisait partir sa frange sur un côté. Les épingles de nourrice accrochées au haut de son tablier reluisaient comme un collier. Elle avait un visage sérieux et des rides aux coins des lèvres qui donnaient l'impression qu'elle fronçait souvent les sourcils, mais aussi des rides au coin des yeux qui donnaient l'impression qu'elle riait beaucoup.

«Parle, Cedar», me suis-je ordonné. Mais c'était difficile.

Avais-je honnêtement envie de ça? D'essayer d'en savoir plus sur les tunnels et Lisette? Pensais-je vraiment qu'un fantôme déposait des objets sur le rebord de ma fenêtre? Voulais-je passer mon temps dans un atelier de costumes où je ne connaissais personne?

– Je suis venue plus tôt parce que je me suis dit que je pourrais devenir bénévole, tout compte fait, ai-je lâché.

– Parfait, a répondu Meg. On aurait bien besoin que tu t'occupes du réétiquetage des cartons. Cela libérera Emily pour d'autres tâches que je voudrais lui confier.

– Alléluia, a lancé la personne devant l'ordinateur. Emily, donc.

– D'accord, ai-je dit.

12

Et c'est donc ainsi que je me suis retrouvée à taper une liste avec des éléments tels que :

ACCESSOIRES D'UNE NUIT D'ÉTÉ
BOURRELETS : PAS DE VERTUGADINS, TOURNURES OU RUCHES
BRAGUETTES REMBOURRÉES : PETITES
BRAGUETTES REMBOURRÉES : GROSSES
CHAPEAUX : PAILLE
CHAPEAUX : BICORNE
CHAPEAUX : TRICORNE
CORNES
COURONNES : BELLES COURONNES MÉDIÉVALES
COURONNES : COURONNES MÉDIÉVALES SIMPLES
PLASTRONS
TABLIERS : BLANCS ET BLANC CASSÉ
TÊTES D'ÂNES : TOUS TYPES
VERTUGADINS

Je n'ai pas pu m'en empêcher. J'ai ricané quand je suis arrivée à « braguettes rembourrées », en relisant la liste.

– Il y a quelque chose de drôle ? a demandé Meg.

Je lui ai jeté un coup d'œil. Elle avait un air sérieux, mais son ton pince-sans-rire indiquait qu'elle savait exactement pourquoi je riais.

– Euh, j'ai fini de taper la liste.

– Bien. Imprime-la, une étiquette par page. Puis emporte-les jusqu'à cette rangée de cartons et remplace les anciennes étiquettes par celles-ci.

C'est donc ce que j'ai fait.

J'ai enlevé les anciennes étiquettes.

J'ai scotché les nouvelles.

J'ai ri toute seule devant les BRAGUETTES REM-BOURRÉES.

Et puis ça a été l'heure de partir.

13

– Tu n'as donc pas pu interroger Meg sur les tunnels, a dit Leo après le travail.

Nous passions par la galerie des Portraits pour aller récupérer nos vélos et nous nous sommes arrêtés devant un tableau représentant un vieil homme, aux cheveux blancs et raides, portant une couronne en or mat. Il tendait les mains devant lui dans un geste théâtral et ses veines bleues semblaient gonflées de sang. RICHARD SNOW DANS LE RÔLE DU ROI LEAR, indiquait la plaque sous le tableau.

Le peintre avait fait du bon travail. J'ai regardé la signature. *Arlene Stecki.* La personne qui avait exécuté le portrait de Lisette Chamberlain.

– Non, ai-je répondu. Pas vraiment. Je n'ai parlé à personne, à vrai dire.

– C'était barbant ?

– Non, c'était bien. C'est plutôt intéressant de voir tous les costumes et tout le travail que ça demande.

– Est-ce que tu peux venir chez moi un de ces jours ? Je voudrais te montrer un film. Avec de vrais acteurs. Pas la nullité que Miles et toi regardez.

– Je ne sais pas. Je demanderai à ma mère.

– On pourrait le regarder vendredi. C'est le jour de congé de ma mère, alors elle sera à la maison. Si ça peut rassurer ta mère.

– Ça la rassurera certainement. Mais je ne sais toujours pas si elle m'autorisera à venir.

– Dis-lui qu'il s'agit de *La Tempête* avec Lisette Chamberlain dans le rôle de Miranda. Je l'ai emprunté aux archives du festival.

– Ça a l'air barbant.

– Je te promets que ça ne l'est pas.

14

– Leo m'a invitée à regarder un film chez lui, ai-je annoncé vendredi après le travail.

J'ai fourré mes sandales dans le panier que ma mère avait placé près de la porte d'entrée pour qu'on y dépose nos chaussures et j'ai enfilé mes claquettes. Elles étaient tellement confortables. J'avais de la peine pour toutes les personnes qui avaient vécu en Angleterre.

– Un film, a répété maman.

– Oui.

– Ça m'a tout l'air d'un rendez-vous galant.

Elle avait édicté une règle très ferme contre les rendez-vous galants, qui ne seraient autorisés que lorsque nous aurions bien, bien plus que douze ans. Voilà pourquoi j'avais attendu le tout dernier moment pour lui poser la question. J'étais sûre qu'elle dirait non.

– Ce n'est pas un rendez-vous galant. Sa mère sera à la maison. Et c'est avec Leo.

– Quel film allez-vous regarder ?

– Une vieille représentation de *La Tempête*. Leo l'a louée aux archives de la bibliothèque du Summerlost Festival. C'est un classique.

– Tu peux y aller si Miles vient avec toi.

– Maman ! Il va s'ennuyer à mourir.

– Je vais m'ennuyer à mourir, a confirmé Miles sur le canapé, sans même relever les yeux de son livre de bibliothèque.

– La mère de Leo sera à la maison, ai-je répété. Ce sera en pleine journée. C'est un ami. S'il te plaît.

Elle a fini par céder.

– D'accord.

Je n'en revenais pas. Peut-être était-elle trop fatiguée pour discuter, à force de travailler tard sur la terrasse.

Quand je suis arrivée chez Leo, c'est sa mère qui a ouvert la porte. Elle avait des cheveux bruns et courts et les mêmes yeux plissés et rieurs que Leo. Elle était très belle.

– Bonjour ! a-t-elle dit. Je suis ravie de te rencontrer, Cedar.

– Merci, ai-je répondu. Moi aussi.

– Il faut que je retourne saluer ta mère, un de ces jours. Je crois toujours que l'été ne sera pas aussi rempli que l'année scolaire, mais bien sûr, il l'est tout autant.

– Nous avons encore votre plat, je crois.

– Oh, ce n'est pas grave, a-t-elle répondu en agitant la main. Vous devriez le garder. Vous n'avez probablement pas voulu apporter tous vos ustensiles de cuisine pour l'été.

Elle avait raison. Nous n'avions pris que trois casseroles, six assiettes, six bols, six tasses, six ensembles de couverts. Deux couteaux pour émincer. Un ouvre-boîte. Une plaque à cookies. Une carafe. C'était tout. On n'allait pas s'embêter avec tout le reste, avait dit maman. C'est à peine si nous nous servions du lave-vaisselle. Pour l'essentiel, nous faisions la vaisselle juste après nous en être servis et la rangions dans le placard. Même Miles.

– Leo est en train de tout installer en bas, a repris Mme Bishop. Tu veux quelque chose à manger ? ou à boire ?

– Non, merci.

– Tu peux descendre. Je passerai vous voir de temps à autre pour m'assurer qu'il ne vous manque rien.

Quand je suis arrivée au sous-sol, Leo m'a montré les T-shirts qu'il nous avait fait faire pour la visite guidée. Noirs, ils arboraient le visage de Lisette en blanc, dans le genre pop art, un peu comme cette image de Marilyn Monroe qu'on voit sur les serviettes, les couvertures bon marché et les T-shirts.

– Aucun membre de ma famille ne doit les voir, m'a-t-il prévenue, et j'ai hoché la tête.

Personne n'était au courant des visites guidées, ni dans sa famille ni dans la mienne.

– Ils sont vraiment chouettes. Est-ce que tu vas en faire imprimer d'autres pour les vendre ?

– Je ne suis pas sûr que ce serait très légal. Et puis si des gens les portent en public, on risque de leur demander où ils les ont trouvés. Ça nous ferait une super-publicité, mais ça augmenterait aussi les chances que le festival apprenne ce que nous faisons et nous demande d'arrêter.

– Je ne vois toujours pas en quoi ça pourrait les gêner.

– Une partie de la visite se déroule sur la propriété du festival. Et dès que tu veux faire quelque chose et que tu n'es pas un adulte, les gens te demandent d'arrêter. Même sans bonne raison.

Il avait raison.

Je me suis assise sur le canapé. Ça me faisait drôle de ne pas regarder *Les Époques de nos saisons*.

– Bon, ai-je dit. *La Tempête*.

– Ouais, a-t-il dit en préparant le film.

– Je n'ai jamais lu la pièce. Est-ce que je vais quand même comprendre ce qui se passe ?

– Ouais. Sinon, demande-moi. Je l'ai regardée plein de fois.

– Ça, je n'en doute pas.

Il m'a alors décoché un regard que je ne lui avais jamais vu. Un regard blessé. Je me suis sentie mal.

Si bien que je n'ai rien dit quand la pièce a commencé et que je l'ai trouvée bizarre, vieillotte. Je n'ai pas fait la moindre blague sur les tenues des spectateurs ou sur les acteurs qui couraient sur scène, faisant semblant d'être sur un bateau qui coulait. Les sièges entouraient la scène sur trois côtés, de sorte que les acteurs se trouvaient en plein milieu de leur public.

Et alors, une femme est entrée sur scène, vêtue d'une robe couleur crème, en lambeaux mais magnifique. On ne voyait pas encore son visage, mais la robe ressortait sur le parquet sombre, sous la faible lumière, tel un papillon la nuit, un poisson blanc dans un océan profond.

« Je parie que c'est Meg qui a fait cette robe », ai-je pensé.

La caméra s'est aussitôt dirigée vers Lisette Chamberlain et une lumière a éclos autour d'elle alors qu'elle prenait la parole. Elle portait par-dessus sa robe une veste militaire trop grande, qui aurait pu appartenir à son père, lequel la lui aurait donnée pour qu'elle ne prenne pas froid. C'était une veste élimée en velours bleu-gris. Pieds nus, elle avait de longs cheveux roux et des yeux magnifiques.

Elle était à nouveau en vie, pour l'instant.

On voyait tout de suite qu'elle était très douée. Les autres acteurs aussi avaient du talent – il en fallait pour mémoriser ces longues répliques compliquées, pour projeter sa voix et bouger son corps ainsi –, mais on aurait dit qu'ils nous parlaient à tous, qu'ils s'adressaient au public dans son ensemble. Lisette semblait me parler à moi. Et à lui. Et à elle. On avait l'impression qu'elle s'adressait à chaque personne individuellement, même s'il était impossible qu'elle les regarde toutes dans les yeux.

Le vieil homme qui jouait Prospero, son père, me paraissait familier lui aussi. Je me suis rendu compte qu'il s'agissait du type dans le portrait du Roi Lear. À voir leur façon d'interagir, Lisette et lui, on aurait pu croire qu'ils étaient réellement père et fille, même si je ne comprenais pas tout ce qu'ils disaient. J'en comprenais la plus grande partie, cependant. Il avait je ne sais comment le pouvoir de créer un orage et elle voulait qu'il arrête parce qu'elle s'inquiétait pour les gens sur le bateau.

Le personnage de Lisette était peut-être coincé sur une île, mais au moins, elle avait son père, et il était magique.

Leo a arrêté la vidéo juste au moment où un bel homme aux cheveux bruns montait sur scène en tanguant alors que le faux vent redoublait de puissance et que la fausse pluie martelait la scène.

– Qu'est-ce que tu fais ? ai-je demandé.

Je commençais vraiment à rentrer dans la pièce.

– Ce qui est intéressant dans ce spectacle, outre le fait qu'il s'agit de la dernière représentation de Lisette Chamberlain, c'est ce type. L'acteur qui interprète Ferdinand, l'objet de l'affection de Miranda.

Je me suis penchée en avant pour l'observer.

– Roger Marin, a dit Leo.

– Waouh ! ai-je fait, reconnaissant ce nom évoqué dans la visite guidée. Son deuxième mari ?

– Oui.

– Et ça s'est passé après leur rupture ?

– Oui, un an après. Roger Marin n'est jamais devenu aussi célèbre que Lisette. Il travaillait au Summerlost Festival tous les étés, pendant toute la saison. Et cette dernière année, quand elle est revenue, elle lui a donné la réplique une fois de plus. Lors de cette représentation. Sur la scène où ils s'étaient rencontrés des années auparavant.

– Waouh ! Alors elle a vu son ex-mari sur scène le soir de sa mort.

– Ouais. Et il lui a aussi rendu visite à l'hôtel ce soir-là.

– QUOI ?

Il a hoché la tête.

– D'après le rapport de police, deux personnes

lui ont rendu visite après le spectacle. La personne occupant la chambre voisine a dit à la police qu'elle avait entendu frapper et la porte s'ouvrir et se refermer, puis des voix. À deux reprises. Elle a admis avoir jeté un coup d'œil dans le couloir pour voir qui était la deuxième personne.

– Et c'était…

– Roger Marin. Elle les a entendus discuter, mais sans parvenir à distinguer leurs propos. Et puis elle l'a entendu partir. Elle a encore jeté un coup d'œil dans le couloir à ce moment-là. Elle était curieuse. À l'époque, la rumeur voulait que Lisette n'ait jamais cessé d'aimer Roger Marin. Ça avait beaucoup fait jaser qu'ils rejouent ensemble. Il se trouve que cette femme avait assisté à la pièce, alors elle n'a pas pu se retenir quand elle a reconnu les voix. Elle s'appelait Melissa Wells et était venue spécialement de New York pour l'occasion.

– Roger Marin est donc allé voir Lisette à l'hôtel. Le soir où elle est morte.

– Ouaip.

– Mais on n'a trouvé aucune preuve de meurtre.

– Exact.

– Mais peut-être qu'il lui a littéralement brisé le cœur. Après tout, elle est morte d'une crise cardiaque.

– Exact aussi.

– Pourquoi ne pas inclure ces informations dans la visite guidée ?

– Les vrais fans le savent déjà. Et ils ont leurs propres théories sur sa mort. S'ils se lançaient là-dedans, on en aurait pour des heures. Fais-moi confiance. On n'a pas besoin de ça.

– Comment as-tu obtenu une copie du rapport de police ?

– Il s'agit d'informations publiques. N'importe qui peut demander à les consulter. Et puis le rapport a été publié dans les journaux. C'est là que je l'ai trouvé. Tu veux le voir ?

– Pas vraiment, ai-je répondu, et je pense que Leo a compris à ma voix qu'en réalité je voulais dire « absolument pas ».

Je savais qu'un rapport de police avait été rédigé au sujet de l'accident de papa et Ben. Je ne l'avais jamais lu. Et je ne le lirais jamais. Je connaissais les quelques détails que ma mère m'avait racontés quand c'était arrivé, et cela me suffisait amplement.

– D'accord, a dit Leo. On n'est pas obligés d'en parler. Je ne sais pas où j'avais la tête.

Il semblait mal à l'aise et j'ai compris qu'il s'était souvenu de ce qui était arrivé à ma famille. Il a tendu la main vers la télécommande pour relancer la pièce, mais je l'ai arrêté.

– Qu'est-ce que Roger Marin a dit à propos de cette soirée ? C'était aussi dans le rapport de police ?

Je ne voulais pas le lire, mais je voulais en savoir plus.

– Il a dit que, comme Lisette ne se sentait pas bien après le spectacle, il était allé voir comment elle allait. Et qu'elle lui avait semblé bien quand il était parti. Elle comptait aller se coucher.

– Pourrait-on lui parler ?

Il a secoué la tête.

– Il est mort il y a deux ans. À Las Vegas. Il a travaillé là-bas pendant longtemps, dans un spectacle, après avoir arrêté Summerlost.

Il a relancé la pièce. Nous l'avons regardée pendant un moment.

– Elle n'a pas un rôle très important, ai-je dit, surtout pour sa dernière représentation.

– Elle ne savait pas que ce serait la dernière.

– C'est vrai.

– Je crois que, les dernières années, elle aimait avoir de plus petits rôles pour ne pas avoir trop de texte à mémoriser, puisqu'elle ne venait que pour un soir.

La caméra a zoomé sur Lisette ; on ne voyait plus qu'elle. J'ai de nouveau admiré sa robe, sa coiffure, ses cheveux détachés, ondulés, magnifiques. Et alors, j'ai remarqué autre chose.

– C'est étrange, ai-je dit.

– Quoi ?

– Mets sur pause.

Il a obtempéré.

– Miranda, le personnage de Lisette, n'est pas mariée. Pourtant, elle porte une alliance.

J'ai désigné sa main, qu'elle tenait en l'air. Sa bouche était figée dans une drôle de mimique, comme si elle hurlait.

– Comment as-tu bien pu remarquer ça ?

– À cause des étiquettes, je suppose.

– Qu'est-ce que tu racontes ? a-t-il demandé en se penchant jusqu'à ce que son visage se retrouve à une proximité comique de l'écran. Je ne vois pas d'étiquette.

– Je parle de celles que j'ai créées à l'atelier de costumes, pour les différentes boîtes. Les costumiers prêtent attention au moindre détail. Ils ne laissent rien passer. Regarde le costume de Miranda. Il est parfait. Enfin, ça paraît presque normal, tellement il est bien fait, mais c'est exactement ce que Miranda aurait porté. Et je sais qu'ils ne lui auraient pas donné une alliance si son personnage n'était pas marié.

– Dans ce cas, c'est sans doute la bague de Lisette.

– Mais elle n'était pas mariée à l'époque, si ?

– Non.

Nous fixions tous les deux l'écran.

– Alors pourquoi la porte-t-elle ? a demandé Leo.

– Je ne sais pas.

L'image n'était pas très nette, mais nous avons déterminé qu'il s'agissait d'une bague en or avec trois pierres pâles.

– C'est la bague qu'on voit sur le portrait, ai-je dit. J'en suis sûre. À sa main gauche.

– La bague de son mariage avec Roger Marin. Elle apparaît sur des tonnes de photographies de paparazzis datant de l'époque où ils étaient mariés. Elle la mettait tout le temps.

– Ce portrait a été réalisé alors qu'elle était mariée à Roger ?

– Ouais. Je le sais grâce au costume qu'elle porte sur le tableau. C'est l'année où elle a joué Desdémone dans *Othello*. Mais c'est logique qu'elle l'ait gardée sur cette peinture, puisque Desdémone est mariée dès le début de la pièce. Elle correspondait au personnage. D'autant plus que c'était une bague ancienne, d'après sa biographie. Une bague vintage. Roger et elle l'ont trouvée chez un antiquaire lors de vacances en Italie.

Décidément, Leo savait presque tout sur Lisette Chamberlain.

– Peut-être qu'elle voulait que Roger la remarque ce dernier soir, ai-je suggéré. Peut-être qu'elle tenait réellement encore à lui. Ou un truc comme ça.

– Son personnage se marie plus ou moins, un peu plus tard dans *La Tempête*. Mais il n'est absolument pas marié pour l'instant.

– Bizarre.

– Hum.

Il a tendu la main vers la télécommande pour relancer la lecture, puis il l'a reposée et, les sourcils froncés, il s'est encore rapproché de l'écran. J'ai remarqué, non pour la première fois, que, bien que ses cheveux soient très épais, quelques mèches rebiquaient toujours à l'arrière, formant un épi. Cela m'a fait penser à Ben.

– Qu'est-ce qui ne va pas ? ai-je demandé.

– Cette histoire de bague est vraiment bizarre. Elle la portait le soir de sa mort, et pourtant elle n'est pas listée parmi les objets qui ont été retrouvés avec elle le lendemain matin, dans sa chambre. Elle ne l'avait plus à ce moment-là.

– Tu en es sûr ?

– Presque certain. (Il est sorti de la pièce en courant et est revenu avec quelques papiers.) C'est dans la copie que j'ai faite du rapport de police.

– Ils ont peut-être écrit *bague*, sans plus de précision.

– Non. Ils mentionnent un collier et des boucles d'oreilles. Une valise et son contenu. Des chaussures. Des bas en nylon. Des vêtements. Tout ça. Mais pas de bague.

J'ai tendu la main. Leo a hésité, mais je lui ai pris le rapport pour lire la liste, sans laisser mes yeux s'aventurer ailleurs sur le papier.

– Ils se sont montrés très rigoureux, ai-je commenté.

– Ils devaient être inquiets parce qu'ils ne pouvaient pas déterminer immédiatement les causes de sa mort. Sans compter qu'elle était célèbre. Ils voulaient faire du bon travail.

La bague sur l'écran était la même que celle du portrait. J'en étais certaine. Une alliance en or simple, trois pierres pâles.

– Les bagues ne tombent pas, ai-je dit. Les boucles d'oreilles, oui, tout le temps. Et les colliers aussi, éventuellement, si le fermoir se casse. Mais pas les bagues. Pas si elles sont à la bonne taille. Et je parie que c'était le cas. Après tout, elle l'a portée pendant toute la durée de son mariage.

– Étrange, tout ça. Pourquoi la portait-elle ce soir-là ? Où est-elle passée ?

– Peut-être qu'elle l'a cachée.

– Pourquoi l'aurait-elle cachée ? Elle a fait une crise cardiaque. Elle ne savait pas qu'elle allait mourir.

– Peut-être qu'elle l'a donnée à l'une des personnes qui sont venues la voir à l'hôtel.

– Roger Marin.

– Oui.

– Mais pourquoi la lui aurait-elle rendue, après l'avoir gardée pendant tout ce temps ?

Cela ne me paraissait pas très probable non plus. Si elle y avait tenu au point de continuer à la porter après le divorce, elle ne l'aurait pas remise à son ex-mari. Ma mère portait toujours les bagues que mon père lui avait offertes : la bague de fiançailles en diamant et l'alliance. Mais bien sûr, mon père et elle n'avaient pas divorcé. Il était mort.

Mais peut-être que divorcer de quelqu'un ne signifiait pas qu'on avait cessé de l'aimer.

– Lisette aurait aussi pu donner la bague à la première personne venue lui rendre visite à l'hôtel, ai-je fait remarquer. Celle qui est passée avant Roger Marin.

– Peut-être. Mais ce n'est pas très probable. Dans le rapport de police, la femme de chambre dit qu'elle est passée à peu près à cette heure-là pour apporter des serviettes propres que Lisette avait demandées. Elle pensait donc être cette première personne.

– Tout ça est très intéressant, ai-je admis.

– Je sais.

15

À la fin de la pièce, j'ai pleuré.

Parce que Lisette Chamberlain était morte ?

Oui.

Pour la première fois, elle me semblait réelle. La pièce l'avait rendue réelle.

Et j'ai pleuré pour d'autres raisons.

Le père de Miranda, Prospero, dit que nos vies sont petites. Cernées par le sommeil. Et ensuite, à la toute fin, il se retrouve tout seul. Le public l'entoure et le regarde, mais il est seul sur scène, et il en sort tout seul.

Comme s'il nous disait au revoir. Comme s'il disait au revoir au monde.

– Désolé, a dit Leo quand il s'est rendu compte que je pleurais. Est-ce que ça va ?

– La fin est triste. Ça parle de la mort.

– Oui, a-t-il répondu, mal à l'aise. Je suis désolé. Je n'y ai pas pensé.

Sa bouche s'est recourbée et ses yeux sont devenus tristes. Je voyais bien qu'il avait de la peine pour moi.

Pourtant, il n'a pas détourné le regard comme le font la plupart des gens quand ils disent « je suis désolé ». J'avais le sentiment que je pouvais répondre « Ce n'est pas grave » ou toute autre chose. Qu'il attendait la suite.

– Mon frère aimait faire des tours en voiture, ai-je dit, sans trop savoir pourquoi – c'est ce qui est sorti, sans doute ce à quoi je pensais. Parfois, il voulait que mon père ou ma mère l'emmène seul et parfois il voulait que toute la famille l'accompagne. On montait dans la voiture, on descendait notre allée en marche arrière et puis il disait « gauche, droite, gauche ». On ne savait jamais où il allait nous emmener, mais il ne faisait pas ça au hasard. Il savait exactement où il voulait aller. Il voulait parfois passer devant le commissariat de police, ou son école, devant des endroits qui avaient du sens pour lui. Parfois devant des lieux que je n'avais jamais remarqués, dans des rues qui ne m'avaient jamais intriguée, et puis on revenait par un autre chemin. Il savait toujours comment rentrer à la maison.

– Est-ce que l'accident s'est produit pendant l'une de ces balades ?

– Non. Ça s'est passé sur l'autoroute. Ben et papa allaient faire des courses dans une autre ville. Le type qui les a emboutis était ivre, en pleine journée. Il est mort aussi.

J'ai attendu qu'il dise quelque chose. «Je suis désolé» ou «C'est trop triste» ou «Il n'y a rien de pire que les conducteurs ivres». Toutes ces choses-là étaient vraies.

– J'aurais aimé connaître ton père et ton frère.

– Moi aussi. J'aurais aimé aussi.

J'ai bien vu qu'il ne comprenait pas.

– Je pensais très bien les connaître, tu vois. Mais en réalité, j'ignorais beaucoup de choses sur eux.

Et je me suis rendu compte que je ne parlais pas que de Ben, qu'il était difficile de connaître, qui avait son propre monde, mais aussi de mon père. Évidemment, c'était mon père ; je savais à quoi ressemblait son visage le matin avant qu'il se rase et je savais qu'il acceptait presque toujours de nous raconter une histoire, surtout les samedis matin. Je savais qu'il aimait regarder le foot et manger des pépites de chocolat avec une cuillerée de beurre de cacahouètes, et que sa chanson de Noël préférée, que presque personne ne connaissait, s'appelait *Far, Far, Away on Judea's Plains*. Mais j'ignorais beaucoup de choses. Avait-il cru en Dieu, et à quel point ? Qui était la première fille qu'il avait embrassée, adolescent ? Combien de temps avait-il mis pour apprendre à lire ? Quelle musique écoutait-il quand personne d'autre n'entendait ?

– On n'a pas besoin de connaître parfaitement quelqu'un pour qu'il nous manque, a dit Leo. Ou pour avoir de la peine qu'il soit parti.

– Comme toi et Lisette Chamberlain.

Il a eu l'air horrifié.

– Ce n'est pas ce que je voulais dire, a-t-il répliqué, tout rouge.

– Je sais. Mais c'est vrai.

Lisette me manquait aussi, d'une certaine manière, maintenant que je l'avais vue vivante. Ce n'était pas du tout la même chose qu'avec mon père et Ben, mais c'était quand même une forme de manque. Et des questionnements à son sujet.

– Enfin, merci de m'avoir montré cette pièce. Tu as raison. Lisette était géniale.

Nous sommes remontés au rez-de-chaussée et Leo est sorti avec moi. Les vautours aura tournoyaient dans le ciel au-dessus du voisinage.

– Encore ces sinistres oiseaux, a commenté Leo.

– Vivaient-ils déjà dans notre jardin avant qu'on achète la maison ?

– Ouais. Ils sont arrivés après le départ des Wainwright. Mais avant votre arrivée.

Cela ne m'a pas vraiment rassurée.

J'aurais voulu que ce soit les oiseaux des Wainwright.

16

De retour à la maison, j'ai enfilé mon nouveau T-shirt Lisette Chamberlain et l'ai examiné dans le miroir. Il m'allait parfaitement. Il faudrait que je mette un autre T-shirt par-dessus les matins, car ma mère risquait de trouver bizarre que je porte un vêtement à l'effigie d'une femme morte pour aller courir.

Il n'y avait rien sur le rebord de ma fenêtre, mais il ne faisait pas encore nuit. N'empêche que cela faisait un petit moment. Peut-être étais-je censée répondre d'une manière ou d'une autre ? Laisser quelque chose en échange, par exemple ?

Les objets que Lisette déposait pour moi (s'il s'agissait bien de Lisette) étaient des objets que Ben aurait aimés. Essayait-elle de m'aider à aller mieux ?

Comment pouvais-je l'aider, elle ?

Avait-elle besoin qu'on l'aide dans une histoire

impliquant Roger Marin ? Voulait-elle qu'on retrouve sa bague ?

Peut-être devrais-je laisser quelque chose de violet sur le rebord de ma fenêtre pour qu'elle sache que j'essayais. Ou peut-être pourrais-je demander à Leo quel était son aliment préféré pour lui en donner.

Soudain, j'ai ri de ma propre stupidité.

Parce que c'était ce qu'on faisait pour le père Noël. Qui n'était pas réel. Tout comme le fantôme de Lisette Chamberlain. C'était forcément une personne réelle qui me donnait ces objets.

Leo, peut-être. Était-ce possible ? Après tout, les cadeaux n'avaient fait leur apparition qu'après notre rencontre.

17

Samedi soir après le travail, je n'ai toujours rien trouvé de nouveau sur le rebord de ma fenêtre. En revanche, j'ai fait un cauchemar. Ou peut-être un rêve.

Ben et moi étions en voiture. J'allais le chercher à l'école, ce qui m'était arrivé des tonnes de fois dans la vraie vie, mais toujours en tant que passagère, pas en tant que conductrice. Dans mon rêve, je conduisais très bien. Je mettais le clignotant. Je m'arrêtais à tous les stops. Comme si j'avais fait ça toute ma vie.

Et puis, quand nous sommes arrivés à la maison, Ben s'est planté devant la porte et a refusé de me laisser entrer parce qu'il voulait me parler.

– T-shirt bleu, a-t-il dit. Pantalon gris. Baskets orange.

Et je me suis rendu compte qu'il portait la même tenue que le jour de sa mort.

– Ça va aller, Ben, ai-je dit. Ça va aller.

– T-shirt bleu, a-t-il répété. Pantalon gris. Baskets orange.

– Ben.

– T-shirt bleu.

– S'il te plaît, arrête. Je m'en souviens maintenant.

Et alors il a arrêté.

Parce que je me suis réveillée. En pleurs.

18

Le deuxième arrêt de la visite guidée était toujours le plus délicat parce que les employés du Summerlost Festival arrivaient tôt, se préparant pour la journée, et parce que la billetterie ouvrait pendant deux heures le matin.

En plus des billets à prix normal, le festival vendait des billets à tarif réduit aux résidents d'Iron Creek pour le spectacle du jour, sur la base du premier arrivé, premier servi. Ces places ne coûtaient que dix dollars, mais elles ne donnaient droit qu'à une place tout au fond de la galerie inférieure, sur un banc, pas sur un fauteuil de théâtre. Leo m'avait tout expliqué. D'ordinaire, il assistait à tout un tas de pièces grâce à ces billets à dix dollars ; mais cet été, il économisait tout son argent.

Le but de ces billets bon marché était de rendre l'expérience théâtrale accessible à tous, tout comme, à l'époque de Shakespeare, les gens pouvaient aller voir la pièce pour un penny s'ils étaient disposés à rester debout.

Ce devait être horrible de rester debout pendant aussi longtemps.

Bref, Leo et moi ne voulions pas tomber sur un voisin venu faire la queue ou sur un employé en service, et plus particulièrement sur Gary.

Si on le croisait, ce serait un aller simple hors de l'Angleterre.

Pour cette raison, nous n'emmenions pas nos clients jusqu'au théâtre, mais dans la forêt adjacente.

Il avait plu la nuit précédente, une de ces pluies de haut désert qui laissaient derrière elles de bonnes odeurs et un ciel clair et immense. Nos pieds crissaient sur les aiguilles de pin et les membres de notre groupe murmuraient tranquillement entre eux. Il s'agissait d'un groupe agréable de six personnes âgées, trois sœurs et leurs époux, qui venaient à Summerlost depuis trente ans. Malgré l'heure matinale, les trois sœurs portaient des lunettes de soleil si foncées qu'elles semblaient pouvoir être utilisées dans l'espace.

– Vous pouvez en apprendre plus sur le théâtre et son fonctionnement dans l'une des visites guidées officielles, ai-je commencé alors que nous nous regroupions sous les arbres. Mais nous aimons vous emmener ici pour que vous ayez tout le festival sous vos yeux pendant que nous parlons de la carrière de Lisette.

– Depuis toutes ces années, nous n'avons jamais mis les pieds dans cette forêt, a dit Amy, l'une des femmes.

Je connaissais son prénom, car Leo et moi donnions désormais des badges aux visiteurs et en mettions également. Cela facilitait les échanges.

– C'est bête de notre part, a renchéri Bill, son mari. C'est un bel endroit.

– Le festival envisage de construire un amphithéâtre ici, ai-je ajouté, pour y donner des conférences et ce genre de choses. Mais il faudrait alors abattre des arbres.

– Oh, cette idée ne me plaît guère, a réagi une autre sœur, Florence.

Il n'y avait pas beaucoup de végétation sous les pins, si bien qu'on distinguait le théâtre entre les troncs. Dans la froide lumière matinale, le drapeau à son faîte semblait nous faire signe.

– Comme chacun sait, Lisette a débuté dans le Prélude, ai-je poursuivi, et tous les regards se sont tournés vers la scène du Prélude, avec son estrade. Elle avait onze ans. Elle assistait à ces spectacles depuis des années parce qu'ils étaient gratuits et que sa famille n'avait pas beaucoup d'argent. Ils venaient tous les soirs. Plus tard, Lisette a dit dans de nombreuses interviews que le Prélude était mieux qu'un film.

Leo m'a souri. Cela faisait quelques semaines que

nous menions cette visite guidée, et je m'en sortais comme une pro.

Je fournissais les mêmes informations que lui, mais je les formulais d'une manière différente.

– Quand elle avait onze ans, le Summerlost Festival a décidé d'organiser un numéro avec des enfants, ai-je continué, en venant à mon passage préféré. Lisette n'a pas passé l'audition ; elle en a entendu parler trop tard. En revanche, elle a assisté aux représentations pendant tout l'été. Et un jour, comme l'une des enfants était restée chez elle, malade, elle a sauté sur scène. En short, T-shirt et baskets. Et elle a réalisé toute la danse, avant de dire toutes les répliques de la fille absente.

Florence a tapé dans ses mains, un grand sourire aux lèvres, même si elle connaissait probablement déjà cette histoire. Je lui ai souri. Je comprenais son enthousiasme.

J'aimais cette anecdote parce que Lisette avait pris les devants et tenté sa chance. Elle avait décidé d'aller chercher ce qu'elle désirait.

Et je l'aimais parce qu'elle me rappelait mon père et ce jour où il avait été choisi dans le public. Même si Lisette et lui étaient complètement différents sur scène. Même si elle avait voulu y participer alors que lui s'était senti gêné pendant toute la durée du numéro.

– Après ça, ai-je repris, le metteur en scène du

Prélude l'a intégrée au spectacle pour tout le reste de l'été. Et tout a débuté comme ça.

Leo a pris le relais parce que tout le monde adorait quand il débitait les dates et les noms de l'intégralité des spectacles de Lisette en moins de deux minutes. Il mettait toujours nos clients au défi de le chronométrer, et ils le faisaient toujours.

– Jeune homme ! s'est exclamée Ida, la troisième sœur. C'était incroyable !

Il a souri.

– Quel a été votre spectacle préféré de Lisette ? leur a-t-il demandé.

Tout en les écoutant d'une oreille, j'ai remarqué qu'une personne qui traversait la cour s'était arrêtée et regardait dans notre direction, une main en visière.

Oh, oh. Avions-nous été repérés ? Pouvait-elle nous voir entre les arbres ?

Leo et moi avions mis un code au point au cas où ce genre de chose se produirait.

J'ai levé la main, ce que je ne faisais jamais d'habitude.

Il a gardé son calme.

– Mesdames et messieurs, continuons cette discussion tout en nous dirigeant vers notre prochain arrêt.

Ils l'ont suivi à travers les arbres et jusqu'au parking adjacent au bâtiment des sciences de l'université. À l'opposé du festival. J'ai jeté un coup d'œil derrière moi. Des gens sillonnaient toujours la cour, allant et venant, mais plus personne ne nous regardait.

19

– C'était formidable! s'est exclamée Amy. Merveilleux. On ne manquera pas de vous recommander à tous nos amis.

Elle nous a donné un billet de cinquante dollars, alors qu'elle ne nous en devait que trente, et nous a dit de garder la monnaie. Cela représentait notre plus gros pourboire jusqu'à présent.

– Waouh! ai-je dit. Merci.

– C'est super que vous vouliez nous recommander à vos amis, a ajouté Leo, mais si vous pouviez préciser qu'ils doivent bien suivre les instructions sur le prospectus, ce serait top. On ne veut pas avoir de problèmes avec le festival. Cette visite n'est pas officielle.

– Elle n'est peut-être pas officielle, mais elle est très professionnelle, a rétorqué Ida. Vous êtes tellement motivés. Vous économisez pour l'université?

– Pour un voyage à Londres, a répondu Leo.

– Parfait ! s'est exclamée Florence. Et toi, ma chère ?

– Pour des vêtements pour l'école, ai-je dit, parce que c'était la réponse la plus facile.

– C'est fantastique, a commenté Ida.

Cela ne me paraissait pas fantastique. Cela me paraissait insignifiant, comparé à Londres.

Leo et moi sommes retournés à la banque pour partager l'argent.

– Vingt-cinq dollars chacun, ai-je dit alors que nous sortions les billets et les sucettes du tube et faisions coucou à la caissière derrière la vitre. Pas mal, comme matinée.

– Huit personnes se sont déjà inscrites pour demain. Espérons qu'elles nous donneront aussi un pourboire.

– Huit ! C'est un record.

Il a hoché la tête, mais il fronçait le nez, comme toujours lorsqu'il était inquiet.

– Alors, quelqu'un nous a vus dans la forêt ? a-t-il demandé.

– Je crois. Mais il s'agissait seulement d'une personne regardant dans notre direction. Ce n'est pas comme si elle nous avait appelés ou s'était approchée et s'était mise en colère.

– Un homme ou une femme ? Un touriste ou un employé ? Gary ?

– Je ne sais pas, elle était trop loin. Mais si c'était Gary, il ne nous a pas reconnus, sinon il aurait fait quelque chose.

Il n'avait pas l'air plus rassuré.

– Tu en es où ? ai-je demandé. Tu auras bientôt tout l'argent dont tu as besoin ?

– Pas encore. Mon père et moi avons tout compté hier soir, et il a cherché le prix des billets d'avion. Ils sont déjà plus chers que ce que je pensais.

– Tu es sûr qu'il ne peut pas les prendre en charge ? Ou alors tu pourrais le rembourser une fois que tu auras tout l'argent nécessaire.

– Ce n'est pas le marché qu'on a conclu, a-t-il répondu d'un air têtu. Je ne veux pas lui demander ça.

Nous avons fait quelques pas en silence. J'ai glissé la sucette dans ma poche. Goût soda.

– Mon père est gentil, a-t-il repris, mais il ne me comprend pas vraiment. Il aime le foot, son travail, regarder le sport à la télé, et la pêche. J'aime bien tout ça aussi. Surtout la pêche. Mais ça le passionne bien plus que moi.

– Il va pourtant aller à Londres pour voir une pièce de théâtre avec toi, ai-je fait remarquer.

– Ouais. Et qu'il ait accepté, c'est déjà beaucoup, alors je veux honorer ma part du marché. Pas lui demander de l'aide.

Soudain, j'ai compris. Si Leo tenait tellement à

ce voyage, ce n'était pas seulement pour côtoyer la grandeur, mais parce qu'il voulait partager un événement extraordinaire avec son père.

– Je me dis que s'il voit Barnaby Chesterfield, il comprendra, a-t-il repris. Il comprendra, non ?

– Ouais, ai-je répondu en me rappelant mon propre père, sa façon de hurler à tout le monde de se taire quand nous regardions Barnaby Chesterfield dans *Darwin*.

Je me rappelais comme il se penchait en avant pour entendre les répliques de Barnaby, sa diction à la fois sonore et ciselée. Mais surtout, ce que ça m'avait fait d'être avec mon père et d'aimer autant la même chose que lui.

– Il comprendra, ai-je répété.

Cette nuit-là, j'ai posé la sucette au soda sur le rebord de ma fenêtre. Le lendemain matin, elle avait disparu.

20

À l'atelier de costumes, ma tâche suivante a consisté à trier des boutons. Des jours entiers à déterminer lesquels pourraient servir pour des raccommodages et lesquels appartenaient à des costumes que nous n'utiliserions pas cette saison, mais dont nous aurions besoin pour une autre édition.

C'était affreux.

Et en même temps génial.

Parce que les boutons étaient hyper-agaçants, mais tout le monde oubliait que j'étais dans mon coin en train de travailler. Si bien que j'entendais et voyais parfois des choses intéressantes.

Tout le monde s'est tu lorsque Caitlin Morrow est entrée, aussi sublime que sur un portrait, même sans maquillage. Elle jouait Juliette dans l'une des pièces et Rosalinde dans une autre. Elle était la plus grande star du festival cette année.

– Bien, a-t-elle dit. Je suppose que vous avez tous entendu parler de ce qui s'est passé hier soir.

Je n'étais pas au courant. Mais les autres si, apparemment. Leurs expressions sérieuses se sont transformées, comme s'ils se retenaient de rire.

– Les hauts-de-chausse de Roméo se sont fendus sur scène, a-t-elle poursuivi. Pile au niveau du derrière.

« Pas possible. »

– J'ai dû attraper une couverture sur le lit, l'enrouler autour de lui et le tenir contre moi pendant toute la scène pour qu'il ne montre pas ses fesses à tout le public.

– Vous avez sauvé la représentation, a dit Meg. Et l'innocence de ce groupe de personnes âgées assis aux premiers rangs.

Caitlin a ricané.

– Pouvez-vous me garantir que je n'aurai plus jamais à revoir l'arrière-train de Brad Murray ?

– J'étais au téléphone avec l'entreprise de tissus ce matin même pour leur passer un savon, a répondu Meg, et je suis justement en train de lui fabriquer de nouveaux hauts-de-chausse avec notre tissu le plus solide pour la prochaine représentation. Ceux-là ne se déchireront pas.

– Merci. De tout mon cœur. Au fait, je suppose qu'il n'y a aucune chance que je puisse garder mon costume de Juliette à la fin de la saison ?

– Non, aucune chance. Propriété du festival.

Caitlin a soupiré.

– Je sais. Mais il fallait que j'essaie.

– Elle a l'air sympa, ai-je commenté après son départ.

Tout le monde s'est retourné vers moi et j'ai rougi.

– Je ne l'avais encore jamais vue, ai-je expliqué.

– Elle fait partie des gentilles, a répondu Meg. Tu aurais dû voir Brad Murray quand il est descendu tout à l'heure ! Il m'a engueulée comme du poisson pourri.

– C'est un abruti, a lâché Emily.

J'ai acquiescé intérieurement. Brad Murray venait parfois se chercher à manger sur les stands et il aimait repartir sans payer. Gary jurait toujours dans sa barbe quand nous lui racontions ce qui s'était passé, mais il ne le forçait jamais à revenir régler sa note.

– C'est quoi, cette expression sur ton visage ? a demandé Meg.

Je lui ai raconté ça.

– Ce petit morveux, a-t-elle dit. Lui arrive-t-il de porter son costume lorsqu'il vole de la nourriture ?

– Hum, hum.

C'était arrivé un jour ; or même les acteurs connus n'étaient pas censés manger en costume.

– Quel petit morveux ! a-t-elle répété. Il se prend pour le roi, maintenant qu'il a un premier rôle, mais je me souviens de lui alors qu'il n'était qu'un sale gamin courant partout dans le Prélude. Il essayait déjà de chaparder de la nourriture à l'époque. Il n'a pas changé.

– Je ne savais pas qu'il était d'ici, ai-je dit.

– Oh si, est intervenue Emily. Je suis étonnée que tu ne sois pas au courant. Ça a fait parler. Il est le premier acteur du coin à tenir un premier rôle depuis Lisette Chamberlain.

Un silence glacial a envahi la pièce. À moins que je l'aie imaginé ? Les autres assistants ne semblaient pas perturbés par le fait qu'Emily ait évoqué Lisette.

– Je vais vous dire une chose, a repris Meg. Lisette Chamberlain n'aurait jamais, jamais hurlé sur une collègue comme Brad Murray l'a fait ce matin.

Je me suis sentie courageuse. Audacieuse.

– Était-elle du genre à manger en costume ? ai-je demandé.

Meg ne s'est pas mise en colère. Elle a souri.

– Ça dépendait du costume. Et de ce qu'il y avait à manger.

Et puis nous nous sommes tous remis à la tâche.

Lorsque j'ai eu fini mon travail, j'ai remonté les marches quatre à quatre. J'avais hâte de rejoindre Leo sur les stands pour lui parler de Brad Murray et de son costume défaillant. Et pour lui faire part des informations que j'avais recueillies sur Lisette. Ce n'était pas grand-chose. Presque rien, même. Mais Meg n'avait pas paru contrariée que je lui pose une question sur Lisette.

Leo se trouvait juste devant la porte, à l'intérieur, et il regardait dehors, les bras croisés.

– Qu'est-ce que tu fais ? ai-je demandé.

Alors, je les ai vus. Les garçons à vélo. Qui lui adressaient des gestes obscènes à travers la vitre. Cory était avec eux.

– Allons-nous-en, ai-je suggéré. Dans la galerie des Portraits. Ils seront peut-être partis quand nous reviendrons.

– Je me suis déjà montré assez lâche en rentrant ici, a-t-il répondu.

– Ils te laisseront tranquille si tu t'en vas. Tu dois les ignorer.

– Tu parles comme mes parents, a-t-il répliqué, furieux. Comme tous les professeurs, à chaque fois. Ça ne marche pas. Tu ne peux pas tourner les talons dès qu'ils s'en prennent à toi. Parfois, il n'y a nulle part où aller.

Les garçons m'avaient vue rejoindre Leo. L'un d'entre eux a tiré sur le coin de ses yeux. Pour imiter une Chinoise. Pour se moquer de moi.

J'ai entendu Leo retenir son souffle.

Et quelqu'un d'autre derrière moi.

Je me suis retournée.

Meg.

– Ces sales gamins, a-t-elle lâché. Je vais aller leur dire deux mots.

– Non ! avons-nous lancé au même moment.

– Il faut bien que vous traversiez la cour pour aller travailler, a-t-elle répliqué.

– Ils vont partir, ai-je dit. Bientôt.

– Venez avec moi, a-t-elle lancé, et comme nous nous détournions, elle a interpellé l'agent de sécurité qui se tenait près de la galerie des Portraits. Il y a des gamins à vélo dans la cour. Faites-les partir.

Il s'est précipité dehors.

Elle nous a ensuite conduits au sous-sol, jusqu'à une porte au bout du couloir, après les salles PER-RUQUES, MAQUILLAGE et COSTUMES, qu'elle a ouverte avec une clé. Une autre porte se dressait en face de nous, mais elle nous a fait tourner à gauche avant d'en ouvrir une dernière.

– Par ici.

– Waouh ! a lâché Leo. C'est l'un des tunnels ?

Il a aussitôt paru regretter cette question.

– Tu as entendu parler des tunnels ?

– Ouais, a-t-il admis.

– Ce n'est qu'un couloir, a-t-elle dit en poussant la porte. Désolée de te décevoir. Il vous mènera jusqu'à un escalier qui vous conduira aux stands.

– Merci, ai-je dit.

Le couloir était rempli de vieux plateaux et de matériel appartenant aux stands. Des quantités de cartons tout juste livrés sur lesquels on pouvait lire GOBELETS et COUVERTS. Des affaires reléguées ici parce qu'il n'y avait sans doute pas beaucoup de passage. Plusieurs grands casiers métalliques à roulettes dans lesquels on pouvait caser tout un tas de plateaux. Quand Leo en a poussé un pour dégager le chemin, le bruit m'a rappelé le fond sonore de la cantine, des enfants en train de discuter et des plateaux qui glissent sur les tables. Et Ben en train de crier.

Quand j'étais en CM1 et Ben en CE1, mes parents avaient décidé de l'envoyer dans une école primaire normale plutôt que dans un établissement spécialisé. Ça avait duré trois semaines. Il avait pleuré tous les soirs sans pouvoir nous dire ce qui n'allait pas. D'après les professeurs, il s'en sortait bien en classe, ce qui revenait à dire qu'il ne criait pas et n'essayait pas de s'enfuir.

Et puis un jour, alors que mon professeur m'avait envoyée faire une commission pour lui à la cantine, j'avais vu Ben à table avec les autres enfants de sa classe. (Le déjeuner était l'un des moments de la journée où les enfants à besoins spécifiques étaient censés s'intégrer aux autres.) Il ne mangeait pas. Il était assis, nerveux, les yeux fermés, tenant son fouet métallique dans une main et le secouant d'avant en arrière comme il le faisait avec son tournevis et sa brosse à dents et d'autres objets. Les professeurs n'étaient pas là. Peut-être étaient-ils allés se chercher à manger. Les autres enfants jetaient de la nourriture sur Ben. Un bonbon aux fruits. Un petit pois. Chaque fois qu'ils le touchaient, il criait «Arrêtez!» d'une voix haut perchée, mais il n'ouvrait pas les yeux, il n'arrêtait pas d'agiter son fouet. Je voyais bien qu'il essayait de se fermer au monde extérieur. Qu'il voulait être ailleurs.

Je l'avais rejoint et j'avais dit aux enfants de le laisser tranquille.

Il avait ouvert les paupières en entendant ma voix et un M&M lui avait touché l'œil.

Il s'était mis à pleurer.

Je lui avais tenu la main jusqu'au bureau de la direction, où j'avais demandé à appeler ma mère. Elle était venue le chercher immédiatement. Il n'avait plus remis les pieds dans cette école.

Ce jour-là avait fait partie de ceux où je ne comprenais pas complètement Ben, mais où je savais que je le comprenais assez. J'en avais eu le cœur brisé. Ces moments où je le voyais souffrir avaient toujours été les plus durs. Jusqu'à l'accident. Depuis, ce n'était plus seulement mon cœur qui me faisait mal. J'avais l'impression que même mon sang me blessait, comme si mon cœur brisé propulsait de la douleur dans tout le reste de mon corps. Battement après battement.

Quand j'étais petite, je m'imaginais parfois qu'il

fallait dicter toutes ses actions à mon corps, sans quoi il s'arrêterait. « Poumons, respirez, chuchotais-je. Cœur, bats. Yeux, faites la mise au point. Ventre, digère. Jambes, marchez. Bras, bougez. » J'étais tellement contente ensuite que tout fonctionne correctement sans aide consciente de ma part. Mais depuis l'accident, j'aurais voulu que mon cœur arrête de me faire aussi mal. Qu'il arrête de battre comme ça sans que je le lui demande. Battement. Battement. Battement.

– C'était gentil de la part de Meg de nous laisser passer par ici, a fait remarquer Leo.

– C'est vrai.

– Et elle a plus ou moins admis que les tunnels existaient vraiment.

– En effet.

Comme nous sortions du couloir, je me suis imaginé que le monde entier contenait des tunnels secrets que les gens pouvaient emprunter pour se rendre directement là où ils voulaient aller en ignorant toute la méchanceté autour d'eux.

Je me suis essuyé les yeux sur ma manche avant que Leo puisse me voir.

21

Les vautours de notre jardin ne se perchaient plus seulement dans l'arbre. Ils s'enfonçaient maintenant dans la partie qui n'avait pas encore été débroussaillée, le coin qui abritait un vieil abri de jardin et une clôture pourrissante entourant un carré de terre ayant autrefois servi de potager, mais n'étant plus désormais qu'un méli-mélo de terre et de végétation.

– Ce sera mon projet de l'été prochain, a dit ma mère. Pour l'instant, j'ai déjà bien assez à faire avec cette terrasse.

Elle avait raison. Elle sciait et ponçait dès qu'elle trouvait un moment de libre. Quand il pleuvait, elle courait chercher ses outils pour les mettre à l'abri. Des centaines de planches étaient appuyées contre le mur de dehors, sous la véranda.

Elle avait construit le tour de la terrasse, mais

celle-ci paraissait un peu bizarre. Trop courte. Quelque chose clochait.

Mais bien sûr, j'ai gardé ça pour moi.

– Elle est super, ai-je dit.

Elle a posé son papier de verre et m'a souri. La porte de derrière s'est ouverte à toute volée et Miles est sorti.

– J'ai relevé le courrier, a-t-il annoncé.

– Parce qu'on a du courrier ? s'est-elle étonnée. Du vrai courrier ? D'habitude, on ne reçoit que des publicités ou des factures, ici.

– Ils ont fait suivre celui-ci.

– Voilà qui tient du miracle !

Il lui a tendu la lettre et le visage de maman s'est transformé quand elle y a jeté un coup d'œil. Elle avait l'air sous le choc. Elle a ouvert l'enveloppe sans un mot et est rentrée dans la maison.

– Bon…, a dit Miles.

– Qui est l'expéditeur ? ai-je demandé.

– Ça avait l'air de venir d'un hôpital.

– Oh non.

Ma mère avait passé des mois et des mois à s'occuper des factures médicales, de l'ambulance et de l'assurance-vie.

Elle est ressortie.

– Tout va bien, a-t-elle dit en voyant nos visages.

– Miles dit que ça a l'air de venir d'un hôpital.

– En quelque sorte. Mais non.

Nous avons tous les deux attendu.

– Une famille veut nous rencontrer, a-t-elle repris. Une famille dont le fils a été le receveur… (Elle a dégluti.) Dont le fils a bénéficié de notre décision de faire un don.

J'ai immédiatement compris de quoi elle parlait. Et il ne s'agissait pas de *notre* décision, mais de la sienne. Comme mon père était donneur – c'était précisé sur son permis de conduire –, ils lui avaient aussi posé la question au sujet de Ben.

– Pourquoi nous écrivent-ils ? ai-je demandé.

– Je leur en avais laissé la possibilité. De nous contacter. S'ils le souhaitaient.

– Je ne veux pas les rencontrer, ai-je dit.

– Moi non plus, a renchéri Miles.

– Pourquoi ?

Je n'ai rien répondu. Alors Miles s'en est chargé. D'une toute petite voix.

– Parce que ce serait trop dur.

Elle a hoché la tête. Comme si elle comprenait. Comme si elle était soulagée, même.

– D'accord, d'accord. On va y réfléchir pendant quelques jours, mais je peux leur écrire et refuser. Sans problème.

– C'était lequel ? ai-je demandé. Papa ou Ben ?

– Ben. Sa cornée – une partie de son œil – a été donnée à un autre garçon. Ça l'a empêché de devenir aveugle.

Pour je ne sais quelle raison, cette nouvelle m'a fait l'effet d'un coup de poing dans le ventre. Ce n'était pas comme si Ben avait sauvé une vie. Ce garçon qui avait reçu sa cornée ne serait pas mort. Il aurait perdu la vue. C'était le pire scénario possible : la mort de Ben n'avait même pas permis à ce garçon de vivre. Ce n'était même pas aussi bien que ça.

Maman a replié la lettre et Miles a demandé de la glace et je suis montée dans ma chambre.

22

Cela faisait très longtemps que je n'avais rien trouvé sur le rebord de ma fenêtre. Mais ce soir-là, il y avait quelque chose. Peut-être que la sucette avait fait son petit effet. Il s'agissait d'un vieux plan de poche d'Iron Creek, replié nettement et en tout petit. Ben aurait aimé étudier les routes et réfléchir à des endroits où se rendre en voiture. L'été dernier, il avait appris à lire un plan et à lire l'heure. « Il est dix-neuf heures quarante-trois, disait-il. À vingt heures, je vais au lit. »

J'ai aligné tous les objets sur le rebord de ma fenêtre. Le tournevis, la brosse à dents violette. Le plan.

Ils étaient tous tellement singuliers. Tellement tangibles. Et j'ai su que ça ne pouvait pas être le fantôme de Lisette Chamberlain qui les laissait là.

Leo.

Forcément.

Même s'il n'avait pas connu Ben.

Leo était le genre de personne à faire des recherches. Il devait avoir appris des choses sur Ben par l'intermédiaire d'une tierce personne. Peut-être sa mère avait-elle entendu quelque chose dans le cabinet dentaire où elle travaillait. C'est là-bas que ma grand-mère recevait des soins. Ma grand-mère avait toujours pensé que Ben était un ange, mais pas de la façon que je détestais. Lorsqu'il était en vie, elle le regardait droit dans les yeux et le voyait vraiment.

J'ai à nouveau observé les objets. Tournevis, brosse à dents violette, plan. Leo m'avait aidée à trouver du travail et nous laissait regarder *Les Époques de nos saisons* tous les jours chez lui, et il m'écoutait chaque fois que je lui parlais de Ben et de mon père, sans pour autant attendre de moi que je lui parle d'eux, et il partageait toujours les sucettes de la banque avec moi. (Et maintenant, je lui en avais rendu une.) Il m'avait montré *La Tempête* avec Lisette Chamberlain dans le rôle de Miranda. Et il avait tout à fait compris que je pleure à la fin.

Une pensée m'a alors traversé l'esprit. Même si je ne le connaissais que depuis cet été.

« Leo Bishop pourrait bien être le meilleur ami que j'aie jamais eu. »

172

J'ai décidé qu'il était temps que je fasse quelque chose pour lui. Quelque chose de marquant.

Mais quoi?

J'ai contemplé l'obscurité à travers les diamants de ma fenêtre. J'ai pensé à l'atelier de costumes et aux garçons qui le harcelaient et à Barnaby Chesterfield et à l'Angleterre. Aux oiseaux et au fait d'être enterrée vivante. J'ai pensé à tout. Et puis j'ai eu une idée.

23

Il m'a fallu quelques jours pour préparer ma surprise pour Leo, mais finalement, tout s'est bien goupillé. Un matin, après la visite guidée, j'ai annoncé que je devais aller quelque part.

– Il faut que je file. Je ne peux pas rentrer à pied avec toi aujourd'hui.

– Tu vas vraiment aller courir ? a-t-il demandé.

Je portais effectivement un short noir. Et des baskets de course.

– En quelque sorte. Il faudra que je rentre vite. Mais on se voit après le départ de ma mère. Pour *Les Époques de nos saisons.*

– D'accord, a-t-il répondu, et j'ai espéré qu'il n'avait pas deviné ce que j'avais en tête.

J'ai couru jusqu'au Summerlost Festival, mon sac battant contre mon flanc. C'était épuisant, et je me suis retrouvée trempée de sueur. Il faudrait absolument que je lave mon T-shirt Lisette pour la visite guidée du lendemain.

J'avais essayé de penser à tout. J'avais appelé la mère de Leo au cabinet dentaire pour lui demander s'il était libre un soir et lui avais fait jurer de garder le secret. J'avais craint qu'elle ne soit fâchée que je l'appelle au travail, mais elle s'était montrée très coopérative. J'avais mis ma mère au courant et elle avait accepté de me laisser sortir. Sans doute parce que nous serions tout le temps entourés de gens. Elle avait même promis de venir nous chercher à la fin de la pièce.

J'ai pris un virage si rapide pour rejoindre la billetterie que j'ai dû poser la main sur le mur pour me ralentir. Le stuc m'a égratigné la paume. Deux personnes âgées en short kaki et chaussettes hautes ont poussé une exclamation de surprise.

Il n'y avait pas de file d'attente pour les billets du jour. Soit la queue avait avancé vite ce matin, soit ils avaient tous été vendus. « S'il vous plaît, s'il vous plaît, s'il vous plaît », ai-je pensé en m'arrêtant devant le guichet vitré.

– Bonjour, ai-je dit, à bout de souffle. Vous reste-t-il des billets du jour pour *Comme il vous plaira* ?

– Oui, a répondu la dame, et j'ai poussé un soupir de soulagement. As-tu un justificatif de domicile ?

– Oui.

J'ai sorti une de nos factures comportant notre

adresse et le nom de ma mère, fière de m'être rappelé que j'aurais besoin d'un document pour bénéficier de la réduction.

– Je suis sa fille, ai-je précisé.

Elle a observé la facture, puis elle m'a observée, et j'ai commencé à paniquer. Et s'il fallait que ce soit mon nom qui apparaisse sur la facture ? Ou s'il fallait être plus âgée ? La mère de Leo avait-elle toujours acheté ses billets pour lui ?

– Très bien, a-t-elle dit, et j'ai repris mon souffle. Tu es au courant qu'il s'agit de billets pour les bancs du fond et qu'ils ne sont ni échangeables ni remboursables ?

– Oui.

Quand elle m'a demandé combien de billets il me fallait, j'ai répondu « Trois » au lieu de « Deux » et je lui ai tendu trente dollars.

Un pour Leo, bien sûr. Un pour moi. Et un pour Miles.

Je ne sais pas pourquoi. Peut-être parce que ma mère serait plus à l'aise si Miles nous accompagnait ? Ou parce que j'avais mauvaise conscience de lui faire regarder un piètre feuilleton qui lui donnait des cauchemars et que je voulais me rattraper en l'emmenant à un spectacle plus intellectuel et bien joué ?

– Joli T-shirt, a commenté la caissière. C'est Lisette Chamberlain ?

Je me suis figée. Malgré toutes mes préparations, j'avais oublié d'apporter un T-shirt de rechange.

– Euh, oui.

– Tu l'as acheté à la boutique de souvenirs du festival ?

– Non, un ami l'a fait faire pour moi.

– Très cool. (Elle m'a donné les billets.) Bon spectacle.

Je ne pouvais pas me permettre de paniquer à cause du T-shirt qui risquait de mettre en péril notre activité secrète, car il me restait encore à exécuter la partie la plus délicate de mon plan. Parler à Gary. Et je voulais le faire immédiatement, avant de me dégonfler. Je suis donc entrée aux toilettes et j'ai mis mon T-shirt à l'envers avant de me diriger vers les stands.

– Bonjour, Gary.

– Bonjour. Tu es en avance.

– Oui, je… euh, je suis venue vous demander si Leo et moi pouvions quitter le travail plus tôt, ce soir. Nous allons voir la pièce.

Il a secoué la tête.

– Une autorisation d'absence se demande deux semaines à l'avance. Et même dans ce cas-là, elle n'est pas garantie.

Il avait l'air stressé, avec son front plissé. Quand il faisait cette tête-là, il paraissait aussi âgé que mon grand-père.

– Je sais, mais nous n'avons pas les moyens de nous payer des billets plein tarif, alors il fallait que je les achète au dernier moment. Et je ne savais pas s'il en resterait.

J'ai pris une grande inspiration. Gary allait-il vraiment refuser ? Leo était son meilleur vendeur. Et je ne me débrouillais pas mal non plus. J'aurais dû procéder autrement. J'aurais dû demander un congé à l'avance et *ensuite* espérer pouvoir acheter des tickets. Mais c'était trop tard désormais.

– Tu n'as pas suivi les règles.

– Quelles règles ? a demandé quelqu'un derrière nous.

Meg. Elle avait dû passer par le couloir caché.

– Voici les costumes que tu avais besoin de faire raccommoder, Gary. Emily s'en est occupée. Et je suis venue te parler des costumes des vendeurs pour l'année prochaine. Le moment est-il bien choisi ?

– Oui, a-t-il répondu avant de se tourner vers moi. Je ne peux pas te donner la soirée. Tu ne l'as pas demandée suffisamment à l'avance.

– Mais j'ai déjà les tickets !

Je ne pouvais pas abandonner aussi facilement. Surtout pas devant Meg, son regard perçant, son collier d'épingles de nourrice et sa voix de celle à qui on ne la fait pas.

– Qu'est-ce que tu essaies de négocier, Cedar Lee ? a-t-elle demandé.

– Elle veut quitter le travail plus tôt pour que son ami et elle puissent aller voir la pièce, a répondu Gary. Ce soir.

– Et tu ne veux pas les laisser y aller ?

Il a paru surpris.

– Je ne peux pas ! Ça irait à l'encontre du règlement.

– C'est pourtant tout le but du Summerlost Festival, a-t-elle rétorqué. Faire découvrir Shakespeare. As-tu acheté ces tickets avec ton argent, Cedar ?

– Oui.

– Et tu vas inviter ton ami ?

– Oui, ai-je répondu, avant d'ajouter, pour faire bonne mesure : Et mon petit frère.

Elle m'a regardée en haussant les sourcils. Pensait-elle que je mentais ? Je lui ai montré les trois billets.

– Il s'appelle Miles, ai-je expliqué. Il a huit ans.

Ses sourcils se sont baissés, mais elle ne s'est pas départie de son sourire ironique. J'en faisais peut-être un peu trop en mettant Miles sur le tapis.

– Gary, je pense que ce serait gentil de lui donner l'autorisation d'y aller.

Il a froncé les sourcils, pensif.

– D'accord. Meg a raison. Shakespeare voulait que tout le monde voie ses pièces. Et tu réinvestis ton argent dans le festival, ce qui est une bonne chose. Mais la prochaine fois, il faudra que tu demandes deux semaines à l'avance.

J'ai remercié Meg alors que Gary se dirigeait vers son bureau.

— Tu travailles tous les jours gratuitement à l'atelier de costumes. Le moins que je puisse faire, c'est m'assurer que tu puisses voir l'une des représentations.

24

– Salut, Miles, a dit Leo. Tu es très chic.

La trompette avait retenti pour signaler aux spectateurs qu'il était temps de quitter la cour et d'entrer dans le théâtre pour la représentation du soir. Me retournant, j'ai vu Miles vêtu d'une chemise et de son jean préféré. Il s'était même peigné. Son timing était parfait.

– Tu vas voir la pièce ou quoi ? a demandé Leo.

J'ai passé le panier de programmes sur mon autre bras et j'ai attendu. C'était à Miles de jouer, et il connaissait sa réplique. Je voyais qu'il avait du mal à se retenir de sourire.

– Ouais, a-t-il répondu. Et toi aussi.

– Quoi ?

J'ai sorti les billets.

– On va tous voir *Comme il vous plaira*. Je t'ai pris un billet.

N'ayant pas trouvé le moyen de le laisser sur le

rebord de sa fenêtre (et s'il s'envolait ? s'il ne le trouvait pas ?), j'avais décidé de procéder ainsi.

Leo n'a pas paru comprendre.

– On doit encore tout nettoyer.

– Pas ce soir, a dit Miles. Cedar a parlé à Gary.

– Ah bon ? Vraiment ? Et il a dit oui ?

– Ouaip, ai-je répondu. Mais on doit y aller maintenant. Et on n'aura probablement pas le temps de quitter nos costumes.

Les lèvres et les sourcils de Leo se sont redressés dans un sourire. Le soleil couchant colorait ses cheveux châtains en roux et ses cils en doré.

– C'est une blague ?

– Non.

J'ai donné un billet à Leo et un autre à Miles.

Caché derrière les pins, le soleil nous a fait un clin d'œil. Pour une fois, nous allions entrer dans le théâtre avec tous les autres pour voir la pièce. Nous participerions au festival d'une façon différente. J'ai posé la main sur la rampe en bois alors que nous montions l'escalier et j'ai écouté le son de tous ces pieds piétinant les vieilles planches. Une ouvreuse souriante nous a indiqué nos places. «Profitez bien du spectacle », a-t-elle dit, et j'ai répondu «J'y compte bien ».

– C'est ici, a dit Leo.

Nous nous sommes glissés sur le banc, Leo, moi et Miles.

– Tu as lu le résumé que je t'ai donné ? ai-je chuchoté à Miles comme nous nous asseyions.

– Hum.

– Il arrivera à suivre même s'il ne l'a pas lu, est intervenu Leo. C'est beaucoup plus facile à comprendre quand on regarde la pièce que quand on la lit.

– Tout le monde dit toujours ça, a marmonné Miles.

– On va être crevés pendant la visite guidée, demain, a murmuré Leo à mon oreille, mais ça en vaut la peine.

Je ne sais pas pourquoi, mais mon cœur s'est mis à battre la chamade. Parce que j'étais au théâtre avec un garçon ? À cause des lumières qui s'éteignaient tandis que les étoiles s'apprêtaient à apparaître ?

Sur scène, des feuilles bleues et vertes pendaient en rubans à des arches sombres. Une très légère brise les faisait remuer. Elles étaient censées représenter la forêt d'Arden, mais avant que les acteurs n'apparaissent, on aurait pu les prendre pour tout autre chose. Des algues entre lesquelles des sirènes auraient pu nager. Des bandes de tissu accrochées au-dessus d'une porte entre lesquelles des hommes et des femmes auraient pu se glisser pour pénétrer dans un château, une grotte, une tente. La scène était tachetée de lumière bleu-vert, comme de l'eau, comme des pierres précieuses.

Les acteurs sont arrivés. Miles s'est penché en avant.

Pendant toute la première partie de la pièce, je n'ai pas reconnu Caitlin Morrow. J'avais oublié qu'elle interprétait le rôle de Rosalinde. Je ne voyais que cette dernière, une femme intelligente, futée, ainsi que les autres personnages, et j'avais l'impression d'être avec eux, dans la forêt.

Soudain, Miles a toussé et, l'espace d'un instant, je suis sortie des bois et je suis redevenue moi.

Et je me suis demandé si Caitlin ressentait la même chose que Lisette Chamberlain avant qu'elle ne devienne *Lisette Chamberlain*. Quand tout le monde, au lieu de voir la star de cinéma, la célébrité, ne voyait que son personnage.

J'ai jeté un coup d'œil à Leo ; il avait l'expression qui était toujours la sienne quand nous nous étions rencontrés et qu'il avait encore souvent aujourd'hui, malgré les brutes qui le harcelaient et ses soucis d'argent. Il avait l'air en vie. Il ne souriait pas, mais ses yeux brillaient. Il n'a même pas remarqué que je l'observais. Il était encore dans la forêt.

Alors j'y suis retournée aussi.

25

Au moment de l'entracte, nous sommes tous restés assis un moment après que les lumières se sont rallumées. Puis j'ai regardé Leo.

– Waouh ! ai-je dit.

– N'est-ce pas ? a-t-il répondu avant de se tourner vers Miles, qui se levait en s'étirant. Qu'est-ce que tu en penses, Miles ?

– C'est pas mal, mais j'ai mal aux fesses, à force.

– On peut appeler maman et lui demander de venir te chercher, ai-je proposé. Je ne t'en voudrais pas. Je sais que c'est très long.

– Pas question. Je reste jusqu'à la fin.

Et même s'il avait un peu gigoté pendant la première partie, cela ne m'a pas surprise. Miles ne voulait jamais passer pour le petit. Il n'était pas du genre à reculer. Lorsqu'il avait commencé quelque chose, il allait jusqu'au bout.

– Allons faire un tour, ai-je suggéré. On a vingt minutes.

– Dix-huit, maintenant, m'a corrigée Leo.

Nous sommes descendus, nous mêlant à la foule. La cour était sombre et des lumières scintillaient dans l'énorme sycomore. J'avais oublié que je portais mon costume jusqu'à ce qu'une dame me demande où se trouvaient les toilettes, ce qui a fait rire les garçons.

– Je vais aller nous chercher des tartelettes, ai-je annoncé après lui avoir indiqué la bonne direction.

– Non, a répliqué Leo. Tu as acheté les billets, j'achète les pâtisseries.

– Sûrement pas. Tu dois économiser pour l'Angleterre.

– Vous pouvez arrêter de vous disputer, a dit Miles. Regardez ce que j'ai apporté.

Il a fouillé dans sa poche et en a sorti quatre énormes Boules de Feu Atomiques.

– Oh là là ! a dit Leo.

Nous les avons fourrées dans nos bouches. Des larmes me sont aussitôt montées aux yeux, mais elles coulaient carrément sur les joues de Leo.

– Je n'en reviens pas, ai-je tenté d'articuler. Je crois que tu es encore plus sensible à ce truc que Miles.

Mais à cause du bonbon, seul du charabia s'est échappé de mes lèvres.

– Je ne comprends pas ce que tu dis, a répondu Leo – du moins je crois –, avant de pointer le doigt sur Miles, qui avait une Boule de Feu dans chaque joue. Qu'est-ce qu'il fabrique ?

Juste à ce moment-là, une autre dame est venue me demander où étaient les toilettes.

J'ai essayé de répondre, mais elle n'a rien compris.

Leo a reniflé et, soudain, ses yeux se sont écarquillés dans une expression de souffrance.

– Le feu, a-t-il haleté. Le feu m'est monté au nez.

– Comme un dragon, a commenté Miles, à peine intelligible, et la femme a fait claquer sa langue d'un air désapprobateur avant de s'éloigner.

Nous sommes restés plantés là tous les trois, écroulés de rire. Le sycomore étendait ses branches au-dessus de nous. Nous n'avons pas bougé jusqu'à ce que la trompette marquant la fin de l'entracte retentisse.

26

Quand nous sommes rentrés dans le théâtre, je me suis rendu compte qu'il faisait froid. La nuit, la température chute vite dans le désert. Nous étions tous en manches courtes. J'ai remarqué que Miles avait les bras croisés et la tête rentrée dans les épaules. J'ai frissonné.

– Rapproche-toi de moi, a dit Leo, et c'est ce que j'ai fait, jusqu'à ce que nos bras et nos jambes se touchent.

– Rapproche-toi de moi, ai-je soufflé à Miles, et il l'a fait aussi.

– Évidemment, c'est toi qui te retrouves au milieu, a-t-il marmonné. Du coup, tu es la seule à avoir chaud des deux côtés.

À ma droite, j'ai senti les tremblements de Leo qui riait.

Mon frère et mon meilleur ami étaient assis à côté de moi. J'avais la bouche brûlante à cause de la Boule de Feu et les mains et les pieds froids à cause de la nuit. De chaque côté, j'avais chaud.

27

À la minute même où la pièce s'est terminée, Miles a soufflé qu'il devait aller aux toilettes et il a filé. Leo et moi sommes restés assis un moment, laissant les autres spectateurs quitter le théâtre.

– Merci, a-t-il dit. C'était super.

– Et tu as été surpris, pas vrai ?

– Oui.

Il s'est levé, s'est étiré, puis il m'a tendu la main pour m'aider à me mettre debout.

– J'adore aller au théâtre, a-t-il repris. Ça m'a vraiment manqué, cet été.

– Tu es sûr que tu ne veux pas devenir acteur ?

– Je sais que je ne pourrais jamais faire ce qu'ils font, a-t-il répondu en désignant la scène. Mais je pourrais être celui qui écrit leurs répliques.

Je me suis mise à rire.

– Quoi ? Qu'est-ce qu'il y a de drôle ?

– Tu ne veux pas être acteur, tu veux être Shakespeare.

Il a ri à son tour.

– C'est vrai que, formulé comme ça, ça paraît bizarre.

– Pas bizarre, mais ambitieux.

Leo avait tellement de rêves. Des rêves bien précis, comme de voir Barnaby Chesterfield à Londres. Des rêves ambitieux, comme de devenir auteur. Et il me faisait tellement confiance qu'il me confiait ses rêves à voix haute.

J'avais passé cette dernière année à penser que c'était déjà une chance d'être en vie. Que c'était déjà bien assez dur.

Pourtant, j'avais des rêves.

Là.

Je me le suis avoué à moi-même.

J'en avais de toutes sortes. Je voulais retourner skier et devenir bonne et rapide. Je voulais aussi aller à Londres, un jour. Je voulais tomber amoureuse. Je voulais posséder une librairie ou un restaurant où les gens lanceraient « Salut, Cedar ! » en entrant, et je voulais parcourir à vélo les rues d'une petite ville, dans un pays où les gens parleraient une autre langue. Peut-être que mon vélo aurait un panier et qu'il y aurait des fleurs dedans. Je voulais vivre dans une grande ville et mettre du rouge à lèvres et me faire des chignons et faire mes courses à l'épicerie et les ramener chez moi dans un sac en papier. Mes talons hauts claqueraient lorsque je monterais l'escalier menant à mon appartement. Je voulais me tenir au bord d'un lac et écouter.

Leo et moi avons retrouvé Miles dans la cour, puis nous sommes allés attendre ma mère près du râtelier à vélos et de la fontaine. Miles est allé mettre la main dans l'eau qui tombait en cascade, tandis que Leo et moi restions près du bassin du haut.

La plaque indiquait FONTAINE EN MÉMOIRE DU CENTENAIRE DE CHARLES H. JOHNSON & MARGARET G. JOHNSON.

– C'est un nom vraiiiiment long, pour une fontaine, ai-je commenté.

– Mes frères et moi l'appelons Bébé Niagara, parce que la partie où l'eau passe par-dessus le rebord ressemble aux chutes du Niagara.

– Laisse-moi deviner : tu y es déjà allé ?

– Oui, à l'occasion de vacances en famille. Mon père en organise tous les ans. Toujours dans un endroit différent. Cette année, c'est la première fois qu'il n'en organise pas. À cause du voyage en Angleterre.

– Il doit vraiment aimer l'Angleterre, vu qu'il y est déjà allé et qu'il veut y retourner, comme toi.

– Ouais.

Je me suis assise au bord du bassin. La lune était pleine et on voyait toujours plus d'étoiles ici que dans la ville où nous habitions, parce qu'il y avait moins de pollution lumineuse.

– Maman est là ! a braillé Miles, en contrebas.

– Je suis sûre qu'on peut caser ton vélo dans le coffre, ai-je dit à Leo. Désolée de ne pas t'avoir dit de venir à pied, mais je ne voulais pas gâcher la surprise.

– Je ne crois pas que ça passera.

J'ai regardé la voiture de ma mère. Il avait raison. Je pensais à notre ancienne voiture, pas à celle que nous possédions désormais.

Nous avions eu un minivan, autrefois.

Il avait été détruit dans l'accident.

Et quand il avait fallu acheter un nouveau véhicule, ma mère s'était rendu compte que nous n'avions plus besoin d'un minivan. Nous n'étions plus assez nombreux. Nous pouvions tenir dans une voiture normale.

Si bien que chaque fois que je voyais un minivan comme le nôtre (ce qui arrivait tout le temps, sur le parking du supermarché, devant l'école, absolument partout), cela me faisait un petit coup au cœur.

– C'est vrai. Désolée.

– Pas de problème. Et merci encore. C'était génial.

– Je suis contente, alors. À demain.

– À demain.

Miles et moi sommes montés dans la voiture.

– Leo ne veut pas qu'on le ramène ? a demandé maman.

– Il est à vélo, ai-je répondu.

– C'est dangereux, a-t-elle dit. Il fait nuit.

– Son vélo ne tient pas dans la voiture.

– Dans ce cas, on va le suivre.

– Quoi de plus normal ? a dit Miles, et j'ai ri.

Maman a souri et s'est retournée vers nous.

– Vous avez passé un bon moment ?

– Oui, ai-je répondu. C'était super.

– C'était pas mal, a dit Miles. Même si les sièges étaient durs et que j'ai eu froid.

Je lui ai donné un coup de poing dans le bras.

– Merci, m'a-t-il dit alors. Pour la place.

– De rien. Merci pour la Boule de Feu.

Nous sommes restés à l'arrêt, guettant Leo qui ne savait pas que nous l'attendions.

Il a fait rouler son vélo sur les marches près de la fontaine. Ma mère a baissé sa vitre et crié :

– On va te suivre pour s'assurer que tu rentres chez toi sans encombre !

– OK ! a-t-il répondu.

Il a commencé à rouler sur le trottoir. Maman lui a laissé une minute avant de démarrer. Nous devions veiller à ce que tout le monde rentre chez soi sain et sauf, dans notre voiture qui nous paraissait encore bizarre.

Je comprenais pourquoi Leo appelait la fontaine Bébé Niagara. Une fois qu'on a vu quelque chose de grand, on ne peut pas s'empêcher de le voir dans toutes les petites choses.

28

Mon père disait souvent que la vie, c'était comme tourner les pages d'un livre. «Oh, regardez, disait-il en faisant semblant de tourner une page quand un coup dur nous arrivait. Pas de bol page quatre-vingt-dix-sept. Et quatre-vingt-dix-huit. Mais ça s'arrange page quatre-vingt-dix-neuf! Tout ce qu'il fallait faire, c'était continuer à lire!»

Pour les petites choses, cette façon de voir pouvait aider. Comme quand on échouait à un contrôle ou que le coiffeur ratait notre coupe de cheveux ou qu'on se cognait la tête dans un toboggan aquatique et qu'on devait rentrer plus tôt que prévu d'un anniversaire à la piscine.

Bien sûr, papa ne refermait jamais brutalement le livre. C'est pourtant ce qui lui était arrivé. Un dernier coup dur et puis la fin, pour lui et Ben. Plus de pages à tourner, plus aucune chance de parvenir à un passage plus heureux de l'histoire.

Cela pouvait aussi marcher dans l'autre sens. Parfois, on passait une journée tellement parfaite qu'on ne voulait pas tourner la page parce qu'on savait qu'il était impossible que la suite soit aussi bien.

Le jour après que nous avons tourné la page sur la pièce de théâtre, Cory n'a pas arrêté de nous regarder avec un petit sourire aux lèvres, Leo et moi. Ce n'était pas un sourire gentil. Plutôt du genre « je sais quelque chose ».

– Hé ! nous a-t-il lancé en milieu d'après-midi. Il faudrait que vous veniez me voir dans la forêt après le boulot.

– Pourquoi ? ai-je demandé.

– Parce qu'il faut que je vous parle.

– On peut parler maintenant, a dit Leo.

– Non, a répondu Cory en prenant un air faussement choqué. On travaille !

Il n'était pas question que j'aille dans la forêt – *notre* forêt – avec Cory le têtard. Pas question que j'obéisse à ses ordres.

– On doit se dépêcher de rentrer à la maison après le travail, ai-je dit. Désolée.

Il a secoué la tête.

– Sérieusement, je vous déconseille de faire ça. J'ai quelque chose à vous dire.

– On n'est pas obligés d'y aller, ai-je soufflé à Leo après le départ de Cory.

– Je crois que si.

– Pourquoi ?

– Parce que sinon, ça pourrait devenir encore pire.

Nous avons regardé Cory qui s'éloignait. Le soleil faisait étinceler les emballages argentés des chocolats dans son panier. La chaleur les avait sans doute rendus tout poisseux et dégoûtants.

– Regardez ce que j'ai trouvé, a commencé Cory, sous les arbres, en nous tendant un bout de papier.

Il m'a fallu un moment pour le reconnaître.

C'était l'un de nos prospectus pour les visites guidées.

Leo a tenté de l'attraper, mais Cory l'a brusquement ramené vers lui.

– Je savais bien que c'était à vous.

– Ce n'est pas vrai, a répondu Leo.

– Si. J'ai appelé le numéro ce matin et tu as répondu. (Il a ri.) « Ici Leo Bishop, en quoi puis-je vous aider ? » l'a-t-il imité en prenant une voix aiguë et bizarre qui ne ressemblait pas du tout à celle de Leo.

Celui-ci a serré les poings, les lèvres pincées.

– C'est donc toi qui as raccroché.

– Exact.

Je me suis demandé pourquoi. Pourquoi Cory ne nous aimait-il pas ? Pourquoi ne pouvait-il pas nous laisser tranquilles ?

Cory se serait moqué de Ben. J'en étais certaine.

– Et alors ? ai-je demandé d'une voix plate. Et alors, Cory ?

– Alors je vais le dire à Gary. Et vous perdrez tous les deux votre travail.

– Pourquoi ?

– Parce qu'il ne sera pas content que vous organisiez des visites guidées et que vous mettiez ces prospectus dans les programmes, a-t-il répondu comme s'il s'adressait à une imbécile.

– Non, je voulais dire pourquoi en parler à Gary ?

– Pour qu'il vous renvoie.

– Qu'est-ce que ça peut te faire ? a demandé Leo. Pourquoi veux-tu qu'on se fasse renvoyer ?

Cory a souri.

– Parce que.

Comme si c'était une réponse valable. Mais pour Cory, c'en était une.

« Je suis différente et ça n'a rien à voir avec toi, aurais-je voulu lui dire. Leo est différent et ça n'a rien à voir avec toi. Tu ne nous aimes pas et tu ne sais même pas pourquoi. J'ai déjà vu ça un million de fois avec Ben. »

Mais j'avais beau le savoir, ça ne changeait rien. Cory allait quand même nous dénoncer. Il allait quand même nous faire renvoyer.

– Alors tu vas nous dénoncer à Gary tout de suite ? ai-je demandé.

197

– Je n'ai pas encore décidé quand je le ferai. Peut-être ce soir. Peut-être plus tard.

J'ai eu envie de le pousser. De le faire tomber pour qu'il sente la terre sous lui, pour qu'il se retrouve plaqué contre les aiguilles de pin, pour qu'il ait peur. Mais je ne l'ai pas fait. Je l'ai regardé partir.

– Tu en es où ? ai-je demandé à Leo quand Cory a été trop loin pour nous entendre. Tu auras bientôt assez d'argent ?

– Je n'y suis pas encore. Et il ne me reste qu'une semaine avant la date butoir que mon père m'a fixée.

– On peut y arriver. On ne peut pas abandonner maintenant.

– Une fois qu'il l'aura dit à Gary, ce sera terminé.

– Dire qu'un têtard nous fait chanter, ai-je lancé, espérant le faire rire.

Il n'a pas ri.

Il n'a pas pleuré non plus. Même si, l'espace d'un instant, il n'en était pas loin. Je savais ce qu'il ressentait. Serrer les lèvres, ordonner à son cœur de ne pas faire mal, à son cerveau de ne pas penser à ce qui pourrait se passer ensuite.

29

Il y avait foule ce soir-là, car le festival tirait sur sa fin et tout le monde voulait voir les pièces avant la clôture. Chaque fois que je croisais Cory, j'avais le moral dans les chaussettes. Nous avait-il déjà dénoncés à Gary ? À la fin de la soirée, quand nous avons récupéré nos vélos, Leo a dit :

– Inutile qu'on se retrouve demain matin. Personne ne s'est inscrit à la visite. La seule personne qui a appelé aujourd'hui, c'était Cory.

Tout allait à vau-l'eau.

– Ce n'est pas grave. D'autres gens appelleront. Ce n'est qu'une journée.

– Je ne pourrai respecter le délai que si la visite guidée continue de marcher aussi bien que jusqu'à présent. Tous les jours.

– Je pourrais te prêter de l'argent. Vraiment.

– Non. Je ne pourrais pas l'accepter.

– Pourquoi ?

– Je ne peux pas, c'est tout.

– Tu aurais tout gardé pour toi si tu avais mené les visites tout seul, ai-je fait remarquer.

– Je n'aurais pas gagné autant sans toi.

– Je ne sais même pas encore pourquoi j'économise.

– Mais tu économises pour quelque chose.

En l'entendant, je me suis rendu compte que c'était vrai. Ça n'avait pas été le cas auparavant, mais maintenant, si.

Pour un forfait de ski ? Un billet d'avion ?

Je ne savais pas encore ce que je désirais, mais les choses avaient changé. Désormais, je pouvais au moins imaginer des envies.

« Tu es stupide, m'a soufflé une voix en moi. Espérer quelque chose ne signifie pas que tu l'obtiendras. Il n'y a aucune garantie.

– Tais-toi, lui ai-je répondu. Je passe directement à une autre page. Tu as raison, mais aujourd'hui, je m'en fiche. »

30

– Tu ne vas pas courir aujourd'hui ? m'a demandé maman quand je suis descendue, le lendemain matin.

Elle était assise à table devant une pile de préparations de cours pour la rentrée. Tout touchait à sa fin.

– Non, je n'ai pas entendu mon réveil.

– Bah ! tu l'as entendu tous les autres jours, a-t-elle dit en posant la main sur ma tête tout en plaçant un bol devant moi. Qu'est-ce que tu veux ? Des Cheerios avec des bananes ?

J'ai hoché la tête. Le soleil brillait à travers la fenêtre. Je n'en revenais pas d'avoir dormi aussi tard.

– Je suis si fière de toi cet été, Cedar. Courir le matin. Travailler aussi dur au Summerlost Festival. Y faire du bénévolat. (Elle m'a apporté une assiette remplie de rondelles de banane, la bouteille de lait et la boîte de céréales et s'est rassise en face de moi.) Et t'occuper de Miles pour moi, aussi. À part ce petit raté avec le feuilleton, tu as été super avec lui. Je t'en suis vraiment reconnaissante.

J'ai pris l'assiette et entrepris de faire glisser des rondelles de banane dans mon bol de céréales. Je me sentais coupable. Je lui avais menti à propos de la visite guidée, et Miles et moi regardions toujours *Les Époques de nos saisons*.

Elle était rayonnante.

J'ai mangé mes céréales.

Entre toute cette culpabilité et ce qui se passait avec Leo, Cory et la visite guidée, on aurait pu croire que je me serais bien moquée que le lait soit parfaitement froid et les bananes pas trop mûres ; pourtant, ce n'était pas le cas. J'étais contente qu'au moins une chose soit exactement comme il fallait.

31

Quand je suis arrivée à l'atelier de costumes, Meg animait une réunion. Tous les employés étaient amassés autour de sa table de travail. Emily et un type gentil du nom de Nate se sont décalés pour que je puisse la voir, puisque j'étais la plus petite.

– Aujourd'hui est un grand jour, disait Meg. Nous allons commencer à habiller les mannequins dans la galerie des Portraits.

– Du moins, certains d'entre nous, a rétorqué Emily, grincheuse. D'autres doivent rester ici et raccommoder les costumes pour le spectacle de ce soir.

Meg m'a aperçue.

– Cedar, tu pourras transporter les costumes d'ici à la galerie. C'est toi qui as les jambes les plus jeunes.

Le premier vêtement qu'elle m'a demandé de monter était un pourpoint aux broderies noires et dorées. Il était très lourd. Quand nous sommes arrivées dans la galerie des Costumes, elle m'a montré les vitrines. Chacune contenait une plaque indiquant qui avait porté le costume et dans quelle pièce, ainsi qu'un mannequin sans visage, féminin ou masculin, attendant qu'on l'habille.

C'était perturbant.

– Voilà où nous en sommes, a-t-elle dit. Eric Potter, *Henri VIII*.

– Il était petit, ai-je commenté en examinant la tenue.

– Et très mauvais acteur, à ce qui se dit. Ils n'avaient guère le choix dans les premières années, quand le festival commençait tout juste. Mais comme le vrai Henri VIII était gros lui aussi, c'était au moins authentique. (Elle a tapoté le dos du mannequin.) Ce bon vieux Eric Potter a fait de son mieux pour le festival.

Elle a pendu le pourpoint à un portant auquel étaient déjà accrochés plusieurs articles marqués d'étiquettes ERIC POTTER : HENRI VIII.

– Tu peux retourner chercher d'autres pièces au sous-sol, m'a-t-elle dit ensuite. À moins que tu ne veuilles m'aider à habiller Henri.

– Non, merci.

Toute la journée, j'ai transporté des vêtements et des accessoires pour Meg et les autres et rassemblé tout ce dont ils avaient besoin. Pour finir, j'ai monté la robe chatoyante de Titania dans *Le Songe d'une nuit d'été*, aux teintes vertes, violettes, bleues et or. Je ne pouvais pas m'empêcher de toucher le tissu, même si je savais qu'ils venaient juste de le nettoyer.

Meg l'a passée autour du mannequin et j'ai reculé pour la contempler.

– Je l'ai toujours aimée, celle-ci, a-t-elle commenté. J'ai aidé à la confectionner lors de ma première année au festival.

J'ai regardé la plaque. L'actrice qui l'avait portée s'appelait Philippa Page. Pas Lisette Chamberlain. Mais j'éprouvais quand même de la curiosité.

– Tu l'as connue ?

– Oui. C'était une assez bonne actrice. Très réservée quand elle n'était pas sur scène, cependant, de sorte que je ne la connaissais pas très bien. J'ai toujours eu de la peine pour elle parce qu'elle est arrivée au même moment que Lisette.

– Et tout le monde adorait Lisette, n'est-ce pas ? Parce que c'était une excellente actrice et parce qu'elle venait d'Iron Creek.

Cela me semblait osé de parler de Lisette avec Meg, surtout dans la situation actuelle, mais après tout, je n'avais rien à perdre. Je découvrirais peut-être quelque chose d'incroyable, dont même Leo ne serait pas au courant et que je pourrais alors lui révéler. Cela lui remonterait-il le moral, ou l'inverse ?

– Tout le monde ne l'adorait pas, mais la plupart des gens, si. C'était l'une de mes meilleures amies.

Des tas de questions se bousculaient dans ma tête. « Qui n'aimait pas Lisette, alors ? Comment était-elle ? Tu la connaissais bien ? Te confiait-elle des secrets ? L'as-tu vue le soir de sa mort ? »

Je ne savais pas laquelle poser.

– Nous sommes devenues amies lors de mon premier été ici, a-t-elle poursuivi.

Elle n'avait pas l'air triste de parler de son amie. Elle semblait heureuse, plongée dans ses souvenirs.

– J'étais assistante à l'atelier. Un soir, j'assistais à la générale tout en gardant un œil sur les costumes pour voir ce qui allait ou non et comment ils ressortaient sous les éclairages. À un moment, ils ont fait une pause pour réparer une trappe, et j'en ai profité pour aller ajuster un costume. Lisette a alors marmonné quelque chose entre ses dents et ça m'a tellement fait rire que j'en ai eu les larmes aux yeux. Personne d'autre n'a semblé comprendre sa blague. À partir de ce moment-là, on a passé beaucoup de temps ensemble. Nous avions presque le même âge et de grands rêves.

– Est-ce qu'elle rêvait de partir à Hollywood ?

Meg a hoché la tête.

– Toi aussi ?

– Non. Je voulais être embauchée comme experte en costumes dans un grand musée.

Pourtant elle était toujours ici, à Iron Creek. Elle avait la galerie des Costumes, cela dit, qui ressemblait un peu à un musée.

Avait-elle été contente que Lisette revienne chaque été ? Ou cela lui avait-il rappelé qu'elle, Meg, n'était jamais partie ?

Je ne lui ai pas demandé ça, bien sûr. Mais j'ai compris une chose que j'aurais dû comprendre depuis longtemps. Ce n'était pas étonnant que Leo aime autant Lisette. C'était une fille d'Iron Creek avec de grands rêves. Et elle les avait réalisés.

32

J'ai laissé tomber un tas de pailles et de fil chenille sur la table de la cuisine et j'ai sorti de la colle universelle et du papier cartonné. C'était une bonne chose que ma mère n'ait pas jeté un coup d'œil dans la boîte de fournitures qu'elle nous avait préparée à notre arrivée à Iron Creek. Il en restait énormément.

– Qu'est-ce que tu fais ? a demandé Miles. C'est l'heure d'aller chez Leo.

– Il faudra que je lui parle un moment après *Les Époques de nos saisons*, ai-je répondu, alors je laisse un mot à maman au cas où elle rentrerait avant nous. Et je vais aussi laisser ça, pour faire croire qu'on a fait des activités manuelles.

– Qu'est-ce qu'on a fabriqué ?

– Je ne sais pas.

Il a ramassé une paille.

– Au jardin d'enfants, on coupait les pailles et on faisait passer un fil à l'intérieur pour faire des colliers. Est-ce qu'on a de la ficelle ?

– Bonne idée, ai-je acquiescé en sortant de la ficelle et des ciseaux.

Nous nous sommes mis au travail. Miles aurait bien eu besoin d'aller chez le coiffeur. Ses cheveux bruns et lisses lui tombaient devant les yeux. Il les a repoussés alors qu'il se penchait pour attacher les deux extrémités de son collier.

– Voilà. C'est terminé.

– Joli, ai-je commenté. Merci.

Nous formions une bonne équipe, tous les deux, ces derniers temps. Si former une bonne équipe signifie que nous excellions à embobiner ma mère, à manger beaucoup de bonbons et à jouer à des jeux de société. J'ai pris le collier qu'il venait de fabriquer.

– Je peux le mettre ?

– Bien sûr, a-t-il répondu, surpris.

Je l'ai enfilé avec difficulté : il était plus court que je ne l'avais cru, comme un ras-du-cou.

– Tu as une tête énorme, a-t-il dit.

– Je sais.

Ben aussi avait eu une grosse tête. On ne s'en rendait pas vraiment compte en nous regardant, mais on avait toujours dû acheter nos chapeaux au rayon adultes.

– C'est parce que j'ai un cerveau énorme, ai-je ajouté.

– Pas nécessairement. Les dinosaures avaient des têtes énormes et des cerveaux minuscules.

– Pas nécessairement. J'ai entendu un jour que certains d'entre eux avaient un deuxième cerveau, dans leur queue, je crois.

– C'est un mythe. À moins que tu n'essaies de me dire que tu as un cerveau dans les fesses.

– Peut-être, ai-je ajouté en remuant le derrière dans sa direction.

Il a plaqué les mains sur ses yeux.

– C'est dégoûtant !

Nous avons laissé l'autre collier et le matériel sur le comptoir de la cuisine, disposés de façon théâtrale.

– Tu penses que maman va tomber dans le panneau ? ai-je demandé alors que nous refermions la porte bleue derrière nous et partions en direction de chez Leo.

Je marchais vite. Cette activité nous avait pris plus longtemps que prévu.

– Probablement.

Son humeur semblait avoir changé. Il ne me regardait pas, fixant le trottoir, les sourcils froncés. Ses tongs claquaient très fort sur l'asphalte.

– Qu'est-ce qui ne va pas ?

– Est-ce que tu m'emmènes toujours seulement pour ne pas t'attirer d'ennuis ?

– Non. J'aime bien traîner avec toi. Et ça tombe bien, puisque je n'ai pas le choix.

Je l'ai poussé doucement. Il ne m'a pas poussée en retour.

– Et Leo alors ?

– Quoi, Leo ?

– Est-ce que tu l'aimes bien ?

– C'est mon ami.

– Mais est-ce que tu en pinces pour lui ?

– Non.

– Il préférerait sans doute que je reste à la maison plutôt que de traîner avec vous.

– Ce n'est pas vrai. Leo t'aime bien.

Et alors, je me suis rendu compte que Leo était aussi son meilleur ami à Iron Creek. Et qu'il se sentait exclu.

– Je rentrerai à la maison à la fin de l'épisode. Comme ça, vous pourrez discuter en privé.

– Non, il faut que tu restes avec moi, sinon maman ne sera pas contente. S'il te plaît.

– De quoi tu dois lui parler ?

– De quelque chose.

– Tu ne me fais pas confiance.

– Si, mais je ne veux pas t'attirer d'ennuis. S'il te plaît, Miles. Je jouerai à Destins avec toi après, autant de parties que tu voudras. Ou au Cluedo.

L'espace d'un instant, j'ai cru qu'il allait tourner les talons et s'en aller. Sans même regarder *Les*

Époques de nos saisons. Mais alors, il a inspiré profondément, comme le font tout le temps les adultes quand ils s'apprêtent à perdre patience ou à se mettre en colère, mais qu'ils se retiennent.

C'était horrible de voir cette réaction chez un jeune enfant. Ben l'avait souvent eue et ça m'avait toujours fendu le cœur.

– Et si tu mangeais deux Boules de Feu en même temps, plutôt ? a-t-il proposé.

J'aurais voulu le serrer dans mes bras, mais nous étions presque arrivés chez Leo.

– D'accord. Marché conclu.

Leo nous a ouvert avant que nous ne frappions.

– Salut, ai-je lancé.

Miles est passé devant lui à toute vitesse et est descendu bruyamment au sous-sol. Il était donc toujours en colère.

– Tu as des nouvelles ? m'a demandé Leo.

– Non. Je suppose que Cory n'en a encore parlé à personne.

– Alors tu crois qu'on devrait aller travailler comme d'habitude ?

– Ouais. Que voudrais-tu qu'on fasse d'autre ? Est-ce que quelqu'un a appelé pour la visite de demain ?

Il a hoché la tête.

– Deux personnes. J'ai dû leur dire que la visite était momentanément suspendue. Elles n'étaient pas très contentes. (Il s'est affalé contre le cadre de la porte en se frottant un œil.) Il faut que je trouve un moyen de faire de l'argent. J'ai frappé à toutes les portes du voisinage, mais personne n'a besoin que je lui tonde sa pelouse. (Il a marqué une pause.) Et Miles ? Il n'aurait pas besoin d'un baby-sitter ?

J'espérais que mon frère ne l'avait pas entendu. Il serait encore plus contrarié s'il pensait que Leo le considérait comme un gamin ayant besoin d'une nounou.

– Non. Et si je te prêtais cet argent ? Il ne s'agirait pas d'un don. Tu pourrais me rembourser plus tard.

Il a secoué la tête.

– Tu ne peux pas demander à Zach ou à Jeremy ?

– Pas question.

– Bon, allons regarder l'épisode. Peut-être qu'on aura une idée.

Miles s'était assis sur une chaise plutôt que sur le canapé où nous nous installions tous les trois d'ordinaire. Il ne nous a pas accordé un regard. Le collier en pailles me grattait la clavicule.

– C'est parti, a dit Leo en allumant la télévision. Aujourd'hui sera peut-être le grand jour.

Mais je savais que ça ne serait pas le grand jour.

Harley était dans sa boîte, comme pendant tout l'été.

Sa situation m'a paru encore plus oppressante que d'habitude. Il faisait tellement sombre dans ce cercueil. La caméra nous a montré les bleus qu'elle s'était faits sur la main à force de frapper le couvercle. Et même si elle était toujours aussi belle, son maquillage semblait différent. Ils essayaient de lui donner un air fatigué.

– J'ai l'impression qu'elle va mourir là-dedans, ai-je dit. Ils ne vont jamais la laisser sortir.

– Si ! a répliqué Miles.

La sonnette a retenti juste au moment où l'épisode se terminait.

J'ai entendu l'un des frères de Leo aller ouvrir.

Puis Jeremy est apparu en haut de l'escalier.

– Cedar, c'est ta mère.

Oh, oh.

Leo m'a décoché un regard et nous nous sommes levés tous les deux. Miles s'est jeté sur la télécommande pour éteindre la télé.

– Qu'a-t-il bien pu se passer ? m'a demandé Leo.

– Je lui ai laissé un mot pour la prévenir qu'on serait ici. Elle a dû décider de passer.

Je n'avais pas envie de monter, mais j'avais encore moins envie de voir ma mère chez Leo. Sa présence me faisait un drôle d'effet. Comme quand on croise son prof au supermarché, mais encore plus gênant.

Elle m'attendait juste devant la porte d'entrée.

– Cedar. Est-ce que ça va ?

Elle venait juste de rentrer de la gym et elle avait l'air inquiète et en colère.

– Salut maman. Oui, ça va. On peut rentrer à la maison maintenant. Je vais aller chercher Miles.

– J'ai eu ton mot. Ainsi qu'un message de Daniel Alexander sur le répondeur.

Daniel Alexander ? Pas Gary ?

Voilà qui n'augurait rien de bon.

J'ai entendu Leo inspirer brusquement derrière moi. Cory. Ce loser. Il voulait nous causer autant d'ennuis que possible, alors il était allé voir directement Daniel Alexander. On aurait dû s'en douter.

– Il disait que c'était au sujet de ma fille, Cedar, et qu'il ne fallait pas que je m'inquiète, que tout allait bien, mais qu'il voulait que je le rappelle quand cela m'arrangerait. J'ai essayé, mais il n'a pas décroché. Pourquoi Daniel Alexander me téléphone-t-il à ton sujet ?

Juste à ce moment-là, la porte du garage s'est ouverte et le père de Leo est entré.

– Leo Bishop ! a-t-il beuglé. Il faut que je te parle. (Et puis il nous a vus et s'est arrêté.) Bonjour, je suis Dale Bishop.

– Et moi Shannon Lee, a répondu maman. Désolée de vous déranger. Je suis venue chercher Cedar et Miles. Ils étaient venus voir Leo.

– Bien sûr, a-t-il dit avant de regarder Leo. Daniel Alexander vient de m'appeler au travail.

C'était la première fois que je voyais son père de près.

J'ai jeté un coup d'œil à Leo. Il a dégluti.

Son père était en colère, mais comme un papa, pas de façon effrayante. Il ressemblait énormément à Zach, en plus âgé.

Je n'avais pas peur pour Leo, mais j'avais de la peine pour lui.

Et j'avais de la peine pour moi.

– M. Alexander m'a appelée aussi, mais je ne lui ai pas encore parlé, est intervenue maman. Que s'est-il passé ?

– Les enfants organisent des visites guidées sur Lisette Chamberlain. Daniel Alexander l'a appris et il a jugé bon de nous mettre au courant. Il était inquiet en raison de leur jeune âge.

– Je ne comprends pas, a dit ma mère en inclinant la tête pour me regarder. Pourquoi organisez-vous des visites guidées sur Lisette Chamberlain ?

– C'était mon idée, a répondu Leo. J'ai conçu la visite et glissé des prospectus dans les programmes du festival. Je pensais qu'on pourrait gagner de l'argent en plus comme ça, puisqu'elle avait tellement de fans et que c'est le vingtième anniversaire de sa mort.

– Le vingtième anniversaire de sa mort, a répété ma mère.

– Les visites ont lieu tôt le matin, ai-je ajouté à toute vitesse, pressée de tout révéler. Quand je te dis que je vais courir. On parle de Lisette Chamberlain et on emmène nos clients dans des endroits d'Iron Creek en rapport avec sa vie.

– Vous vous retrouvez donc seuls avec un groupe d'adultes sortis de nulle part, a dit maman.

– Ils téléphonent d'abord, a expliqué Leo. S'ils ont l'air bizarres, je leur dis que la visite est annulée. Et à vrai dire, je n'ai jamais eu à le faire. Personne ne m'a paru *trop* bizarre.

«Tais-toi, Leo», ai-je pensé, et il s'est tu, mais c'était trop tard.

– Je suis vraiment désolé du rôle que Leo a joué dans cette histoire, a dit M. Bishop. Je pensais aussi qu'il allait courir. C'est la première fois que j'entends parler de ces visites guidées.

– Parce que je savais que tu dirais non si je te demandais la permission, a expliqué Leo.

– Cedar, tu m'as menti, a dit maman.

– Je suis désolée.

– Plus de visites guidées, a-t-elle repris. Et tu es punie. Jusqu'à ce qu'on retourne à la maison pour la rentrée.

– Maman, s'il te plaît. Ne fais pas ça.

Il fallait qu'on trouve un moyen de gagner assez d'argent pour Leo. Peut-être que son père le laisserait partir en Angleterre malgré tout.

Maman avait l'air contrariée. Et en colère.

– N'en fais pas tout un drame, Cedar. Tu verras encore Leo au festival. (Elle a jeté un coup d'œil gêné au père de Leo.) J'en connais une qui a trop regardé *Roméo et Juliette* cet été.

La colère et l'embarras m'ont fait rougir aussi violemment qu'une Boule de Feu. C'était elle qui en faisait tout un drame, pas moi. Et j'avais certes lu *Roméo et Juliette* en classe, mais je n'avais pas vu la pièce une seule fois cet été.

– Ce n'est pas sûr qu'on puisse se voir au travail, a répliqué Leo. On va sans doute se faire renvoyer. Est-ce que Daniel Alexander a évoqué cette possibilité ?

– Il a dit que cette décision revenait à Gary, a répondu M. Bishop. Il a ajouté que les enfants pouvaient aller au travail aujourd'hui comme d'habitude.

Ma mère se trompait complètement. Je ne me prenais pas du tout pour Juliette. J'avais l'impression d'être Miranda au début de *La Tempête*, quand elle demande à son père de ne pas provoquer d'orage. « S'il te plaît, ne fais pas ça, avais-je envie de lui répéter. S'il te plaît, ne gâche pas tout. » Sauf que Miranda ne savait pas encore qui elle perdrait si son père détruisait ce bateau. Moi si. Je savais qui j'avais déjà perdu et qui je m'apprêtais à perdre.

Devenir l'amie de Leo m'avait aidée à redevenir moi-même. Pas la personne que j'avais été avant l'accident, mais au moins une personne que je reconnaissais.

Il était presque temps pour nous de quitter Iron Creek. Nous ne découvririons pas ce qui était arrivé à Harley ou à la bague de Lisette et nous ne verrions jamais les tunnels et Leo n'aurait pas assez d'argent pour aller en Angleterre.

L'été serait perdu. Je le sentais glisser entre mes doigts.

33

Quand nous sommes rentrés à la maison, ma mère a demandé à Miles de monter dans sa chambre – après lui avoir assuré qu'il n'était pas puni – et elle m'a fait sortir dans le jardin pour me parler.

Elle a soufflé, une longue et profonde expiration faisant écho au bruit du vent dans les arbres. Des mèches de cheveux échappées de sa queue-de-cheval dansaient devant ses yeux. Elle les a repoussées.

– Il aurait pu t'arriver quelque chose de grave, a-t-elle commencé.

– Mais il ne m'est rien arrivé.

– Je ne pourrais pas supporter qu'il arrive autre chose de grave à un membre de cette famille. Je ne le pourrais pas.

Je voyais bien qu'elle disait vrai.

Elle ne le pourrait pas.

34

J'ai mis mes sandales pour aller au travail. Pas de bijou. Pas de montre. Pas un cheveu de travers, puisque je n'étais pas venue à vélo. Ma mère m'avait déposée plus tôt à l'atelier de costumes et elle viendrait me chercher après le travail. C'était soi-disant pour assurer ma sécurité, mais je savais que c'était aussi pour m'empêcher de traîner avec Leo, dans le cadre de ma punition.

Je voulais apparaître aussi parfaite que possible, mais ça n'a rien changé. La première chose que Gary m'a dite en me voyant a été :

– Tu as profané l'uniforme.

J'ai baissé les yeux sur mon costume de paysanne.

– Toi aussi, a-t-il lancé à quelqu'un derrière moi et, quand je me suis retournée, j'ai vu Leo.

– On ne portait pas nos uniformes pendant la visite guidée, ai-je précisé. Ça n'avait rien à voir avec le festival.

– Ça avait tout à voir avec le festival, a-t-il répliqué en secouant la tête. Vous avez exploité des lieux appartenant au festival.

– Non, on allait dans la forêt, qui se situe sur le campus universitaire.

– Vous avez placé vos publicités à l'intérieur des programmes officiels.

Cette fois, il m'avait coincée.

– Vous ne pouvez plus travailler ici, a-t-il conclu.

Lindy a ouvert la bouche, comme pour dire quelque chose, puis elle l'a refermée sans un mot. Cory a souri et j'ai eu envie de lui balancer mon poing dans la figure. Maddy et les autres filles avaient les yeux écarquillés et l'une d'elles me regardait en fronçant les sourcils, mais d'un air compatissant. Je voyais bien qu'elles avaient de la peine pour nous, mais je me doutais aussi qu'elles appréciaient le caractère dramatique de la situation.

– Je comprends que vous deviez me renvoyer, ai-je dit à Gary, mais vous ne renvoyez pas Leo. C'est votre meilleur employé. Il est le seul à avoir un véritable accent.

– Ce n'est pas un véritable accent, est intervenu Cory.

– Évidemment, l'ai-je rembarré. Il n'est pas anglais, que je sache.

– Il n'est jamais allé en Angleterre, a-t-il rétorqué, et il jubilait. Il veut y aller, mais ça n'est encore

222

jamais arrivé. C'est son frère qui l'a dit au mien pendant leur entraînement de foot.

Je me suis tournée vers Leo. Il n'a pas nié. Il avait les traits tombants. Fatigués.

– Ça alors ! s'est exclamé Cory. Je n'en reviens pas. Tu n'étais même pas au courant.

– Je suis désolé, m'a dit Leo.

– Ça aussi, c'était un mensonge ? a demandé Gary. Il avait l'air surpris. Et triste. Je ne l'avais jamais vu triste auparavant.

– Vous pouvez rentrer chez vous, tous les deux, a-t-il repris, comme s'il ne voulait pas nous voir une seconde de plus. Rapportez vos costumes demain après les avoir lavés.

– Très bien, ai-je répondu.

C'était bizarre, que ce soit moi qui parle plutôt que Leo. Et j'avais dit ça sur un ton si méchant que Gary a paru stupéfait. Je m'en suis voulu, parce qu'il avait beau être strict, c'était quelqu'un de bien, mais j'ai réprimé ce sentiment et je suis sortie d'un pas furieux. J'ai entendu Leo derrière moi.

– Je dois rentrer à pied, lui ai-je dit une fois dans la cour. C'est ma mère qui m'a déposée. Elle ne repassera pas avant un moment.

La chaleur faisait craquer les feuilles du sycomore, couler de la sueur dans mon dos.

– Je suis venu à vélo, mais je vais marcher avec toi. Enfin, si tu veux bien.

– D'accord.

Je l'ai accompagné jusqu'au râtelier à vélos. L'eau bleue et fraîche de la fontaine semblait parfaite. J'avais envie d'y pénétrer et de la laisser me recouvrir, aussi lisse que le velours de la veste de Miranda incarnée par Lisette. Je l'avais vue aujourd'hui lorsque Meg l'avait sortie de sa boîte pour la repasser à la vapeur et la raccommoder avant de l'exposer dans la galerie des Costumes.

– Je suis désolé d'avoir menti, a répété Leo après quelques minutes de marche. J'avais raconté à Gary que j'étais allé en Angleterre avant même ton arrivée pour qu'il me laisse parler avec un accent, et ensuite, le mensonge s'est installé.

– Ce n'est pas grave.

– Et je suis désolé de nous avoir fait renvoyer.

– Ce n'est pas ta faute. On s'est fait renvoyer tous les deux. J'étais là aussi.

– En fait, c'était l'idée de ma mère, a-t-il repris d'un air triste.

Je n'ai pas compris. C'était sa mère qui avait eu l'idée de nous faire renvoyer ? Ou de mettre en place une visite guidée ? Cela n'avait aucun sens. Mais alors il a poursuivi, poussant son vélo, la tête basse, les yeux rivés au sol.

– Que mon père aille en Angleterre avec moi. J'ai surpris leur conversation. Elle pensait que ça nous ferait du bien de faire un truc comme ça. C'est lui qui a eu l'idée que je me paie moi-même mon billet d'avion. Sans doute parce qu'il pensait que je n'y arriverais pas.

– Ça m'étonnerait. Je parie au contraire qu'il était persuadé que tu y arriverais. Parce qu'il te connaît.

Nous avons encore fait quelques pas. L'herbe des jardins des fraternités, pour la plupart vides pendant l'été, était mourante et j'ai remarqué deux canettes de bière sous un buisson. Dans la chaleur, tout prenait une teinte d'un blanc bleuté, poussiéreuse.

– Et maintenant, on n'a même plus notre job de vendeurs, a repris Leo, alors je ne pourrai jamais réunir l'argent à temps. J'ai économisé toute l'année ; je n'en reviens pas que ça se termine comme ça. Mais le pire, dans l'histoire, c'est qu'on ne peut plus du tout traîner ensemble, toi et moi.

– Je sais. Mais je reviendrai l'été prochain.

Cela paraissait tellement loin.

Avant de rencontrer Leo, je ne pensais pas qu'il était possible de comprendre aussi bien une personne aussi différente de soi. Nous avions pourtant beaucoup de choses en commun – et surtout, le même humour. Il me faisait réfléchir. Il me faisait rire. Il aimait être en vie et il avait de grandes idées et j'aimais être avec lui pour toutes ces raisons-là. Et aussi parce que c'était un garçon ; ça rendait tout plus percutant. Un peu plus électrique.

– Ne t'en fais pas, a-t-il dit. Je veillerai à ce que

vous sachiez ce qui arrive à Harley. Je continuerai de regarder la série et je prendrai des notes. Je pourrai te les laisser quelque part.

– Sur le rebord de ma fenêtre, par exemple, ai-je suggéré, dans un mouvement d'audace.

Pourquoi ne pas lui avouer que j'avais compris ? Après tout, nous ne nous reverrions peut-être pas de sitôt.

Il a souri.

– Ce serait plus simple que je les laisse sous ton paillasson ou que je te les envoie par la poste.

Il ne voulait donc pas admettre qu'il m'avait donné ces objets. J'ai souri aussi.

– J'ai réfléchi, a-t-il poursuivi. Et si Lisette avait caché la bague dans les tunnels après la pièce, le soir de sa mort ? Ça expliquerait pourquoi elle l'avait pendant la représentation, mais pas à l'hôtel.

– C'est une bonne théorie. On devrait continuer d'essayer de résoudre ce mystère, chacun de son côté.

– Oui, peut-être qu'on devrait aussi s'envoyer des lettres à ce sujet.

Mais nous savions tous les deux que tout l'intérêt de cette enquête avait été de la mener ensemble, et nous savions aussi que nous ne pourrions plus entrer dans les tunnels l'année prochaine, quand le théâtre aurait disparu.

– Merci, a-t-il dit quand nous sommes arrivés

chez moi. D'avoir fait la visite guidée avec moi, même si ça nous a causé autant d'ennuis.

– Merci de m'avoir demandé d'y participer.

– Je suis sûr qu'on se reverra bientôt.

– Ouais, à bientôt.

Ce n'était pas terrible, comme au revoir.

Debout sur le trottoir, je l'ai regardé pousser son vélo jusqu'au bout de la rue. Je n'avais pas envie de rentrer. J'avais l'impression qu'alors ce serait officiel : j'étais renvoyée et je n'aurais plus aucun moyen de voir Leo. Si je restais dehors, je pouvais m'imaginer qu'on se disait simplement au revoir, comme on l'aurait fait n'importe quel après-midi. Qu'on se reverrait ce soir au festival et qu'on raconterait des blagues et qu'on écouterait de la musique et qu'on regarderait tomber la nuit.

Quand je me suis décidée à bouger, j'ai traversé le jet de l'arroseur automatique. L'eau a éclaboussé mon chemisier et ma jupe et tacheté mes sandales en cuir. J'ai ouvert les mains pour les mouiller aussi. Avant d'ouvrir la porte, j'ai laissé une empreinte de main sur la peinture bleue.

– Qu'est-ce que tu fais ici ? a demandé Miles.

Ma mère m'a regardée de la table de la cuisine, où elle travaillait encore sur ses cours.

– Leo et moi nous sommes fait renvoyer. À cause de la visite guidée.

Avant qu'ils ne puissent me poser d'autres

questions, je me suis dirigée vers l'escalier. Dans ma chambre, j'ai ôté mon costume de paysanne et enfilé un short et un T-shirt avant de me laisser tomber sur mon lit.

J'ai entendu quelqu'un ouvrir la porte.

– Tu veux jouer à Destins ? a demandé Miles.

J'ai répondu oui parce que je n'avais rien d'autre à faire. Au moins, il n'avait plus l'air en colère contre moi.

Il est allé chercher la boîte dans sa chambre. Nous avons installé le jeu ensemble. J'ai pris la voiture jaune et lui la rouge.

– Tu te souviens comme papa détestait ce jeu ? a-t-il demandé.

– Ouais. Il pensait que ça ne tournait qu'autour de l'argent. Et il avait raison, vu que c'est la personne qui en gagne le plus qui remporte la partie.

– Peut-être qu'on devrait changer les règles pour que ce soit celui qui a le plus d'enfants qui gagne.

– Pourquoi pas ?

Nous avons fait quatre parties, puis Miles a soupiré.

– Je voudrais regarder *Les Époques de nos saisons*. J'en ai marre de jouer à Destins.

Nous n'avons même pas rangé le jeu. Trop de pièces – tout cet argent, tous ces minuscules personnages en forme de piquets et ces actes de propriétés, toutes ces voitures et ces cartes – et il faisait trop chaud dans la maison. Nous nous sommes tous les deux laissés tomber sur le tapis dans notre pile de faux billets et nous avons contemplé les arbres qui remuaient derrière les vitres taillées en diamants. Au bout d'un moment, il s'est levé et il est parti, et je suis allée ouvrir la fenêtre pour mieux voir les arbres. Les billets se sont sauvés, glissant sur le sol, quand la brise chaude est entrée.

J'ai regardé l'inscription sur le couvercle de la boîte, DESTINS, LE JEU DE LA VIE, et j'ai pensé que *Les Époques de nos saisons* aussi, c'était un jeu, de la vie pour de faux. Rien de tout ça n'était réel.

« Moi aussi, j'en ai marre de jouer », ai-je pensé.

ACTE III

1

Quand je suis entrée dans l'atelier de costumes le lendemain matin, tout le monde a arrêté ce qu'il était en train de faire pour me dévisager.

– Bonjour, a dit Meg. J'ai entendu dire que tu n'étais plus employée aux stands.

– En effet.

– Gary avait l'air très contrarié hier.

– Il l'était. Il a dit que j'avais profané l'uniforme.

– Ah. Mais tu comptes toujours travailler ici bénévolement.

– Oui. À moins que tu veuilles me renvoyer aussi.

– Non.

Elle me transperçait du regard. Je savais qu'il était impossible de faire une radio de moi et de voir la masse grise et boueuse de tristesse, de frustration et de colère coincée dans ma tête, mon cœur, mes poumons. Mais si quelqu'un pouvait *sentir* tout ça, c'était bien Meg.

Elle était forcément au courant de la visite guidée. Et Lisette avait été son amie. Pensait-elle que je lui avais posé des questions sur elle simplement pour obtenir des informations à exploiter pendant la visite ?

Au moins, elle ne m'avait pas demandé de partir.

Tout le monde était pressé. Ils m'ont envoyée faire différentes choses tandis qu'ils remplissaient la galerie des Costumes et préparaient les tenues pour la représentation du jour. J'ai fouillé dans les cartons au sous-sol, à la recherche d'une couronne en fil de métal, puis d'une paire de chaussures couvertes de fausses améthystes. Je suis allée à l'imprimerie du campus pour récupérer une commande de panneaux dont Meg avait besoin. J'ai assorti des boutons que j'avais triés auparavant à des costumes ayant besoin d'être raccommodés. À la fin de mon travail, Meg m'a donné une liste de ce que tout le monde voulait pour le déjeuner. Elle souhaitait que j'aille chercher sur les stands des pommes de terre au four, de la salade de fruits, de la limonade et des tartelettes pour tout le monde. « Trois tartelettes aux framboises, deux au citron, une au fromage frais. »

Essayait-elle de me punir en me forçant à affronter mes anciens collègues ?

– C'est l'endroit le plus proche et on veut prendre une pause aussi courte que possible aujourd'hui, a-t-elle expliqué, comme si elle lisait dans mes pensées. Si tu veux manger aussi, tu peux ajouter ta commande à la liste et ils la factureront aux Costumes. Tu l'as bien mérité. Mais si tu es fatiguée, tu peux rentrer chez toi.

Que devais-je faire?

J'avais envie de rester manger avec eux dans la cour. J'avais envie de plaisanter avec Meg, Emily, Nate et les autres, assise sous le sycomore, et de scruter le ciel pour voir si un orage d'après-midi se préparait. Je voulais que Gary et les autres passent par là et voient que j'avais encore des amis. Je voulais trancher la peau d'une pomme de terre et lécher la crème de la tarte au citron sur mes doigts.

Mais Leo ne serait pas là. Il était consigné chez lui.

Et je ne me sentais pas capable d'affronter Gary.

– Je pense que je vais rentrer chez moi, ai-je dit en lui rendant la liste.

Une expression déçue est passée sur son visage. Parce que je ne restais pas? Ou parce que j'étais trop poule mouillée pour aller commander?

– Très bien, a-t-elle dit. Descends cette boîte et tu pourras arrêter pour aujourd'hui.

J'ai trouvé l'endroit où ranger la boîte et je l'ai glissée sur l'étagère à côté des autres. Toutes ces étiquettes, toutes ces pièces magnifiques portées tant d'années auparavant.

Et alors, j'ai su.

J'ai su où trouver la bague de Lisette.

J'ai su qui l'avait gardée pendant tout ce temps.

J'ai parcouru l'allée, consultant les dates jusqu'à trouver la bonne.

LISETTE CHAMBERLAIN, MIRANDA.

Vingt ans plus tôt.

Sa robe et sa veste étaient étiquetées et pendues à un portant avec les autres costumes attendant d'être montés dans la galerie des Costumes, mais tous les accessoires étaient encore dans la boîte. Il n'y en avait pas beaucoup. Quelques épingles à cheveux scintillantes. Un sachet contenant des boutons de rechange pour la veste. Et une petite boîte tapissée de velours. Je l'ai ouverte.

Il y avait une bague à l'intérieur. Sertie de trois pierres pâles.

Lisette devait l'avoir donnée à Meg.

Et maintenant, Meg allait l'exposer. Parce que Lisette l'avait bel et bien portée pendant la pièce ce soir-là, qu'elle ait été ou non prévue dans son costume.

J'ai sorti la bague et l'ai glissée à mon doigt.

« Lisette Chamberlain a porté ça », ai-je pensé.

J'ai refermé la boîte et je l'ai remise sur son étagère.

2

Je savais que Meg finirait par remarquer l'absence de la bague.

Je savais qu'elle se douterait que c'était moi qui l'avais prise.

Je savais qu'il fallait que je dise à Leo que je l'avais trouvée.

Pendant tout le dîner et tandis que je discutais avec ma mère et Miles, que nous nous occupions de la lessive en prévision de notre départ, la bague est restée dans ma poche, comme un secret. Un secret volé.

Meg me faisait confiance.

Leo me faisait confiance.

Et je leur avais volé quelque chose.

Je comprenais tout désormais. Si Lisette avait donné la bague à quelqu'un, en guise de cadeau ou pour la mettre en sécurité, c'était forcément à sa meilleure amie. Peut-être savait-elle que Roger passerait à l'hôtel ce soir-là. Peut-être voulait-il récupérer la bague. Peut-être Lisette avait-elle demandé à Meg de la garder pour ce soir-là, ou pour un moment, ou pour toujours.

Ou peut-être que Meg l'avait volée, auquel cas elle aussi aurait mal agi.

J'ai posé la bague sur le rebord de ma fenêtre. Elle paraissait tellement petite. J'ai touché du doigt chacune des trois pierres pâles. Elles étaient froides et lisses.

Mon cœur battait de plus en plus vite. Lisette viendrait-elle la récupérer ? Ou bien Leo ?

Et alors, je me suis rendu compte que j'espérais que non.

Je ne voulais pas que ce soit le fantôme de Lisette, ou même Leo, qui laisse ces objets.

Je voulais que ce soit Ben.

Lorsque je me suis autorisé cette prise de conscience – mon souhait le plus profond, le plus important –, la force de mon désir m'a fait mal. La force de mon espoir m'a fait mal.

« Respire, me suis-je rappelé. Bats. »

Et mes poumons ont respiré. Et mon cœur a battu et j'ai espéré.

« Faites que ce soit Ben. »

J'ai entrouvert la fenêtre. Le vent est entré, mais la bague n'a pas bougé.

J'ai décidé de veiller toute la nuit pour voir ce qui se passerait.

Je n'avais nulle part où aller le lendemain matin, de toute manière. Les visites guidées étaient terminées. J'avais été renvoyée. Et je ne pouvais pas retourner à l'atelier de costumes après avoir pris la bague. Tout était terminé.

La nuit était faite d'ombres et de vent et de l'odeur de l'orage qui approche, une nuit pour pleurer jusqu'à ce qu'il n'y ait plus de larmes et que la douleur ait disparu. Une nuit pour imaginer qu'on pouvait monter sur le rebord de sa fenêtre et saluer l'obscurité, dire « Je suis triste » et entendre le vent répondre « Je sais ». Dire « Je suis en vie » et entendre les arbres soupirer « Nous aussi ». Chuchoter « Je suis seule et tout a une fin » et entendre les étoiles répondre « Nous comprenons ». À moins que ce soit les fantômes qui disent toutes ces choses, « Nous le savons, nous sommes seuls nous aussi, nous comprenons que tout et rien n'a une fin ».

J'étais presque endormie lorsque je l'ai vu. Lorsque j'ai entendu le vent et ouvert les yeux et vu un garçon debout devant ma fenêtre, la bague à la main.

« Ben », ai-je dit, avec ma bouche. « Ben », a battu mon cœur. Il était juste là. Les cheveux en bataille. En pyjama. Le visage gris dans l'obscurité. Était-il réel, ou était-ce un fantôme ?

Cela m'était égal.

Il a regardé la bague.

Et alors, j'ai remarqué son autre main. Il tenait une cuillère, une cuillère de cuisine en bois. Il ne l'agitait pas d'avant en arrière. Il l'a posée sur le rebord de la fenêtre.

– Ben, ai-je dit, plus fort.

– Cedar ? a demandé Ben, avec la voix de Miles.

Il semblait apeuré.

Pourquoi Ben aurait-il parlé avec la voix de Miles ?

– C'est moi. Cedar, c'est Miles.

– Quoi ?

Et alors, il a allumé et j'ai compris. Il s'agissait de Miles. Pas de Ben.

Évidemment. Évidemment que c'était lui, depuis le début.

– Où as-tu trouvé ça ? m'a-t-il demandé en ouvrant la main pour me montrer la bague.

Je n'ai pas répondu.

– Tu dois la ramener. Elle a l'air précieuse.

– La ramener où ? ai-je demandé bêtement.

– Là où tu l'as prise.

Il me paraissait grand, debout à côté de moi. Il ressemblait un peu à Ben.

Dehors, l'orage a gagné en puissance, secouant les arbres dans tous les sens. J'ai entendu des gouttes de pluie s'écraser sur la vitre.

– C'est toi qui laisses des objets sur le rebord de la fenêtre.

« Pas Lisette.

Pas Leo.

Pas Ben. »

Il a hoché la tête.

– Désolé si je t'ai fait peur. D'habitude, tu ne te réveilles pas.

Il avait l'air inquiet, ses yeux scrutant les miens.

Je l'avais appelé Ben.

– Tous ces objets, ai-je dit, avant de marquer une pause. Ce sont des objets que Ben aurait aimés.

– Ouais, a-t-il répondu en jetant un coup d'œil à la cuillère. Et toi, tu m'as laissé cette sucette. Il aimait les sucettes.

C'était exact.

– Mais pourquoi tu fais ça ? ai-je demandé.

– Parce que je n'arrête pas de voir des choses qui lui auraient plu, et que je ne savais pas à qui d'autre les donner.

Je me suis décalée dans mon lit.

– Viens.

Je suis restée allongée et Miles s'est laissé tomber à côté de moi. Il avait huit ans et j'en avais douze et nous étions trop grands pour nous blottir l'un contre l'autre au lit, mais nous l'avons fait quand même. Je l'ai enlacé et j'ai enfoui mon visage dans ses cheveux. Il sentait Miles, le frère de Ben. La sueur, le shampoing à la fraise et le pyjama propre.

Le vent a émis un bruit profond et bas qui a

traversé mes os et la moindre planche de la maison. Les nuages se sont déplacés et la lune a réapparu.

Et alors, presque au ralenti, une énorme forme sombre est passée devant ma fenêtre.

« L'arbre », ai-je pensé alors qu'il craquait, en souffrance, et que mon cœur tambourinait. « L'arbre est en train de tomber. »

Quelques branches ont éraflé la fenêtre et je jure avoir vu un vautour s'effondrer en même temps que l'arbre, les yeux luisants de terreur. Et alors, une branche plus grosse a carrément transpercé la fenêtre. Les diamants, sombres, se sont éparpillés par terre.

Nous nous sommes tous les deux levés d'un bond.

Je suis restée plantée là une seconde, abasourdie, avant de penser à ma mère qui travaillait sur la terrasse.

– Maman, ai-je dit, puis j'ai dévalé l'escalier, Miles sur les talons.

Mon cœur cognait contre ma cage thoracique, mes pieds heurtaient les marches. J'ai poussé vivement la porte de derrière, luttant contre la pluie et le vent.

Je n'ai vu que des branches et des éclats de bois. Les vautours tournoyaient au-dessus de nous, agités, faisant des piqués.

– Allez-vous-en ! leur ai-je crié, et je me suis élancée sous la pluie, courant entre les branches brisées et les feuilles glissantes.

Était-elle sous l'arbre ? Le monde entier s'était transformé en forêt. Comment un seul arbre pouvait-il être aussi énorme ?

– Cedar, a sangloté Miles.

– Reste en arrière, Miles. Reste en arrière.

Et alors, j'ai entendu la voix de ma mère.

D'abord, je n'ai pas compris. J'ai cru qu'elle provenait des feuilles. J'ai cru qu'elle était sous l'arbre. Je me suis mise à tirer sur les branches mouillées. Mais ensuite, elle a crié « Cedar ! » plus fort, et quand je me suis retournée, elle se dirigeait vers moi, avec Miles, dans la lumière se déversant de la porte ouverte.

– Tout va bien. Je n'étais pas dehors. J'étais descendue chercher du papier de verre au sous-sol.

L'un des vautours s'est posé près du sommet de l'arbre à terre, qui avait écrasé l'abri de jardin, et s'est mis à sautiller en rond, perturbé. Ma mère a braqué sa lampe torche sur le sol.

– Oh non ! s'est-elle exclamée. Ils avaient niché là-dedans.

L'abri s'était désintégré presque parfaitement au niveau de la poutre centrale et on distinguait l'endroit où ils avaient construit leur nid. Ma mère a dirigé le faisceau de lumière sur le nid noueux, sur les œufs couleur crème et violet pâle, mouchetés de taches sombres.

Ils étaient tous cassés. J'ai aperçu des plumes

duveteuses et une traînée gluante et luisante sur l'un d'entre eux.

– Non, a dit Miles. Non, non, non.

Maman nous a enlacés et nous sommes retournés à l'intérieur.

Les choses arrivent vite. Une voiture en heurte une autre, un arbre s'effondre, un œuf se brise et un oiseau meurt. Et les feuilles se retrouvent à terre à amasser de la pluie au lieu de se dresser vers le ciel et de virevolter dans le vent.

3

Nous avons attendu l'arrivée des pompiers et de l'organisme de défense des animaux dans la cuisine. Ma mère les avait appelés avant de nous préparer un chocolat chaud. Miles a emporté le sien dans le salon pour guetter les sauveteurs.

– Ils ont dit qu'il ne fallait pas toucher les oiseaux, a dit maman.

Je ne voulais pas parler des bébés vautours. Je savais que personne ne pouvait plus rien pour eux.

– Je suis désolée pour la terrasse, ai-je dit.

– Je voulais me prouver que j'étais capable de construire au moins une chose toute seule.

Je comprenais. C'était mon père qui aurait construit cette terrasse. Pas elle. Elle savait fabriquer des choses et réparer des trucs dans la maison, faire pousser des plantes dans le jardin et tondre la pelouse, mais bâtir une terrasse était quelque chose de nouveau.

– J'ai appris tellement de choses, a-t-elle poursuivi. Comment mesurer, poncer et scier. Et ça n'a rien changé.

– C'est à cause de ce stupide orage. Elle aurait été bien, sans ça.

Mais nous savions toutes les deux que c'était un mensonge.

– Non, a-t-elle répondu, en larmes désormais. Même avant l'orage, ça ne marchait pas. Ça ne marche pas, n'est-ce pas ?

C'était la première fois qu'elle disait une chose pareille. Je ne savais pas quoi répondre. Parce que, malgré tous nos efforts, ça ne marchait effectivement pas pareil sans mon père et Ben.

Des lumières ont traversé la fenêtre de devant.

– Les pompiers sont là, a annoncé Miles. Et quelques voisins sortent aussi de chez eux.

Elle a laissé sa tasse sur la table pour aller leur ouvrir avec lui.

Cet été, j'avais consacré beaucoup de temps à la mort des autres. Celle de Harley. Celle de Lisette. Mais d'une certaine manière, ça m'avait aidé à me sentir en vie. Parce qu'il ne s'agissait pas de *mes* morts. Celles-ci étaient trop difficiles à affronter.

J'ai entendu des voix dehors. Des gens étaient venus nous aider. Des lampes torches balayaient le jardin. J'ai entendu parler le père de Leo, puis Leo est entré. Ses cheveux partaient dans tous les sens, au saut du lit. Il portait un pantalon de jogging et un T-shirt. J'ai posé ma tête sur la table.

Il s'est assis à côté de moi, faisant crisser la chaise sur le parquet en la rapprochant de moi.

– Qu'est-ce qui ne va pas ? a-t-il demandé.

Quelque chose ne va pas, en plus de l'arbre ?

Je n'ai rien dit. Je suis restée assise là, la tête sur la table. Je ne pouvais même pas pleurer.

– Je veux t'aider, a-t-il continué. Je suis ton ami.

Lui en revanche semblait au bord des larmes.

Mais je ne pouvais pas le lui avouer.

Je ne pouvais l'avouer à personne.

Je n'avais jamais, jamais voulu que Ben meure.

Mais parfois, j'avais voulu qu'il s'en aille.

Et il était parti.

4

Pendant toute la matinée, les tronçonneuses ont vrombi, coupant l'arbre en morceaux suffisamment petits pour être emportés. L'organisme de défense des animaux n'avait rien pu faire pour le nid. Les vautours tournoyaient dans les airs ; leur maison avait disparu, leurs œufs étaient détruits. Je les ai vus se poser une fois dans les arbres près de chez Leo et j'ai espéré qu'ils y resteraient, mais ils se sont envolés peu de temps après.

Je n'ai pas pu voir où ils avaient choisi de s'installer ensuite parce que j'avais demandé à ma mère de me ramener à l'atelier de costumes. Je n'arrêtais pas de lui jeter des coups d'œil dans la voiture, l'observant, observant ses lunettes de soleil, les bagues qu'elle portait toujours à l'annulaire. Une bague sertie d'un diamant, une alliance en or, toutes deux offertes par mon père. Elle s'était trouvée au bon endroit au bon moment la nuit dernière, en sécurité à l'intérieur quand l'arbre était tombé.

Un seul détail différent – un autre morceau de papier de verre dehors au moment où elle en avait eu besoin, l'arbre tombant un peu plus tôt – et elle ne serait plus là. Un seul détail différent – un feu rouge au lieu d'un vert sur le chemin de l'autoroute, le choix d'une autre course à faire ce jour-là – et mon père et Ben seraient encore là.

Ce n'est pas juste que quelque chose d'aussi important – votre vie entière – dépende d'un million de détails minuscules.

La galerie des Costumes grouillait d'assistants habillant les mannequins, mais je n'ai pas trouvé Meg.

– Elle est en bas, m'a indiqué Emily. Tu pourras lui dire que j'ai besoin de la cape de Juliette ? Pas celle de cette année, celle de la production avec Hannah Crowe.

J'ai hoché la tête, même si, une fois que je lui aurais rendu la bague, je ne savais pas si j'aurais la possibilité de lui dire quoi que ce soit.

Et alors, je me suis rendu compte en regardant autour de moi qu'ils n'en étaient pas encore au costume de Lisette. Meg ne s'était peut-être pas rendu compte que la bague avait disparu. Je pouvais peut-être la remettre en douce dans la boîte.

Mais lorsque j'ai aperçu Meg, en train de repriser

un costume, les épaules voûtées, elle m'a paru âgée, parce que je ne voyais pas ses yeux. Et j'ai pensé que Lisette, Ben et mon père ne seraient jamais vieux. Et que je le serais peut-être un jour. Et j'ai pensé à toutes ces années où Meg avait vécu sans son amie.

Je me suis approchée et j'ai posé la bague sur la table devant elle.

– J'ai pris ça. Je suis désolée.

Elle a observé la bague avant de poser les yeux sur moi.

– Dans la boîte destinée à l'exposition de la galerie des Costumes ? a-t-elle demandé, et j'ai hoché la tête. Pourquoi ?

« Parce que je pensais que le fantôme de ton amie pourrait se présenter à ma fenêtre.

Parce que ce que j'espérais vraiment, c'était que mon frère apparaisse. Je me disais que la bague pourrait lui plaire. Son poids, ses pierres. »

– Leo et moi avons remarqué qu'elle la portait lors de sa dernière représentation, ai-je expliqué. On savait que c'était sa bague, et pas celle du festival, puisque Roger Marin la lui avait offerte. Et Leo avait consulté le rapport de police rédigé la nuit de sa mort et ce bijou n'était pas recensé parmi ses affaires personnelles. C'était un mystère.

– Un mystère. Et vous vouliez en faire partie.

– Je suis désolée. Et je suis désolée pour la visite guidée. Je sais que je n'aurais pas dû faire ça non plus. Je sais que tu es probablement furieuse contre moi parce que Lisette était ton amie.

– Non. Je ne suis pas furieuse à cause de la visite guidée.

Elle a repoussé sa chaise de la table, sur laquelle était étendue une sorte de cotte de mailles brillante, or et argent.

– J'ai besoin de prendre l'air, a-t-elle annoncé. Je vais me détruire les yeux à essayer de réparer cette armure. Viens avec moi.

Elle a ramassé la bague et l'a glissée dans sa poche.

Je l'ai suivie dans le couloir. Nous sommes passées devant COSTUMES et MAQUILLAGE, nous avons pris l'escalier et nous sommes sorties près de la fontaine. Meg m'a fait signe de m'asseoir à côté d'elle sur un banc. Je me suis exécutée. Celui-ci comportait une petite plaque sur laquelle on pouvait lire CE BANC A ÉTÉ OFFERT AU FESTIVAL PAR UN DONATEUR ANONYME.

UN DONATEUR. Ce mot m'a fait penser à Ben et à la lettre que nous avait envoyée la famille de l'autre garçon.

J'avais l'impression que tout était nommé en hommage à quelqu'un, ou avait été donné par quelqu'un. Les fontaines. Les bancs. Les yeux.

– Y a-t-il quelque chose dont tu souhaites me parler ? a demandé Meg. Une question que tu souhaites me poser ?

« Comment était Lisette ? Comment continue-t-on à vivre quand quelqu'un vous manque autant ? Comment supporte-t-on de vieillir ? Pourquoi allons-nous tous mourir ? »

– Mon ami Leo et moi avons vraiment envie de visiter les tunnels avant que le théâtre ne soit démoli. Tu pourrais nous y faire entrer ?

– Le fantôme de Lisette ne hante pas ces tunnels. Pas comme vous l'imaginez, en tout cas. Il faut l'avoir connue pour la voir là-bas. L'avoir vue là-bas quand elle était en vie. Rieuse. Sérieuse. Se préparant à entrer sur scène, sortant de scène, parlant à tout le monde dans le tunnel. Alors, il n'est que trop facile de se la représenter.

– Je suis désolée.

Nous avons contemplé la fontaine pendant un moment. Meg ne pleurait pas, mais sa voix avait ce timbre que prennent les personnes tristes, qui souffrent mais qui n'ont plus de larmes.

Je ne savais pas trop si je devais insister. Pourtant, il le fallait. Parce que si Leo n'allait pas voir Barnaby Chesterfield à Londres, il fallait au moins qu'il puisse voir les tunnels secrets du théâtre de sa ville avant qu'ils ne disparaissent à jamais.

– Ce n'est pas vraiment pour Lisette que je veux visiter les tunnels, ai-je fini par expliquer. C'est pour Leo.

– Leo. Ton ami.

– Oui.

– Et tu me demandes de te rendre service alors que tu as volé une bague et organisé une visite guidée sur *mon* amie.

– J'ai rendu la bague.

C'est la seule chose que j'aie trouvée à dire, à part « Je suis désolée », ce que j'avais déjà répété de nombreuses fois.

Meg continuait de m'observer.

– Et aussi, j'ai trié énormément de boutons.

Elle s'est levée et a épousseté l'arrière de son pantalon.

– Repasse à l'atelier ce soir. Tard. Après la fin de la pièce, quand ils auront eu le temps de tout ranger. Disons à minuit. Je verrai ce que je peux faire.

5

Meg m'a laissée me servir de son téléphone avant que ma mère vienne me chercher. Elle ne m'a pas demandé qui je voulais appeler et je ne le lui ai pas dit.

Je n'avais encore jamais téléphoné à Leo, mais je connaissais son numéro grâce aux prospectus que nous avions glissés dans les programmes. J'ai prié pour qu'il décroche.

– Allô ! a répondu un garçon.

Zach.

– Zach, c'est Cedar. Est-ce que je peux parler à Leo ?

– Malheureusement non. Ne le prends pas mal. Leo n'a pas le droit de se servir du téléphone en ce moment, en raison des mauvaises décisions qu'il a prises récemment. C'est moi qui dois faire respecter la loi quand nos parents ne sont pas à la maison.

– Oh.

Un silence s'est installé. J'entendais du bruit en arrière-fond.

– Il enregistre cette série horrible, *Les Époques de nos saisons*, a expliqué Zach, et il nous a rendus accros, Jeremy et moi. Rappelle-moi comment cette fille s'est retrouvée enterrée vivante ?

– Eh bien, elle est tombée amoureuse de Rowan, le type dont Celeste, son ennemie jurée, est amoureuse aussi, alors Celeste a voulu se débarrasser d'elle. D'abord, elle a essayé de lui trouver un emploi dans un autre État pour qu'elle déménage. Ensuite, elle a engagé un bel homme dans l'espoir que Harley tomberait amoureuse de lui, mais au final, c'est lui qui est tombé amoureux de Harley et celle-ci est restée fidèle et dévouée à Rowan, au point que l'autre type a rendu tout son argent à Celeste en expliquant qu'il ne voulait plus participer à ce complot et que seule la mort pourrait briser l'amour de Harley et Rowan. Et puis bon, tout s'est enchaîné, ensuite.

– Tout naturellement.

– Ouais.

Nous avons gardé le silence. Je distinguais désormais la voix du méchant jumeau. Je me suis demandé si Leo savait que c'était à moi que Zach parlait.

– Je ne peux pas te passer Leo, mais je pourrais lui transmettre un message.

– Hum.

– Tu peux me faire confiance. Je ne suis pas Celeste.

– D'accord, ai-je répondu, n'ayant pas d'autre choix. Tu pourrais lui demander de me retrouver ce soir à minuit devant chez moi et de prendre son vélo et une lampe torche et de s'habiller tout en noir?

– Je pourrais, oui, mais qu'allez-vous faire?

– Je ne peux pas te le dire, mais ça ne craint rien. Je te le jure.

– Ça avait l'air cool jusqu'à ce que tu me dises que ça ne craignait rien.

– Allez, Zach! S'il te plaît.

– Je vais voir ce que je peux faire.

– Ce sera peut-être ma dernière chance de le revoir avant mon départ.

– Comme dans *Roméo et Juliette*.

Pourquoi tout le monde n'arrêtait-il pas de dire ça?

– Non, pas du tout.

– D'accord. Harley revient à l'écran. Je dois te laisser. Comment fait-elle pour aller aux toilettes là-dedans, au fait?

– C'est l'un des grands mystères de notre époque, ai-je répondu, mais il avait déjà raccroché.

6

À minuit, j'ai eu l'impression qu'il était tard, incroyablement tard, et tout m'a paru étrange. Les maisons étaient sombres et les lampadaires n'éclairaient pas assez pour qu'on soit sûr de la rue, de l'année dans laquelle on se trouvait. Je me tenais à côté du lampadaire, dans l'ombre. Le son des arroseurs automatiques se mettant en marche m'a fait sursauter et je me suis retournée.

La maison de Leo était plongée dans le noir.

Que ferais-je s'il ne venait pas ? Irais-je visiter les tunnels toute seule ? Les emprunterais-je toute seule ?

Mais alors, j'ai aperçu une silhouette noire sur son vélo. J'ai humé l'odeur de l'été, de l'herbe, du vent, du monde tiède, large et grand qui, du moins à cet instant précis, ne tombait pas en morceaux comme il le faisait en automne et en hiver, avec les feuilles et la neige.

– Te voilà. Zach t'a fait passer le message.

Il a sauté de son vélo. Il avait suivi mes instructions : il était habillé tout en noir. J'ai distingué son grand sourire et ses sourcils relevés à la lueur du lampadaire.

– Alors, on va où ? a-t-il demandé.

– Au festival, évidemment.

– On va avoir des problèmes. Nos parents vont nous tuer.

– Peut-être. Mais au moins, on sera morts en ayant vu les tunnels sous le théâtre.

– QUOI ? C'est impossible !

– On ne va pas entrer par effraction. C'est ça qui est génial. Meg va nous y faire entrer.

– Je n'y crois pas, a-t-il dit, mais sa voix trahissait bien à quel point il avait envie de me croire. Meg va nous y faire entrer ? Comment l'as-tu convaincue ?

– J'ai mes méthodes.

– Waouh !

Alors il m'a serrée dans ses bras, rapidement. Il était tout chaud et sentait bon la lessive et, l'espace d'un instant, j'ai eu envie de poser ma tête sur son épaule et de rester là une minute. « Nous prenons soin l'un de l'autre », ai-je pensé. Ai-je compris.

Et puis ça s'est terminé. Il s'est reculé et j'ai replacé les bretelles de mon sac à dos sur mes deux épaules. La lampe torche qu'il contenait m'a paru très lourde.

– Bon, Zach sait que tu es avec moi, et j'ai laissé un mot pour ma mère sur mon oreiller lui disant qu'on allait retrouver Meg au festival.

Nos parents péteraient les plombs s'ils se réveillaient et se rendaient compte de notre disparition, mais au moins, ils sauraient où nous trouver.

– Tu crois que quelqu'un t'a entendu sortir ? ai-je demandé.

– Non, et toi ?

– Moi non plus.

J'avais descendu l'escalier si lentement que j'avais cru devenir folle, mais je n'avais pas fait un bruit. Miles et maman semblaient profondément endormis.

– Très bien, a-t-il dit en enfourchant son vélo. Allons voir ce fantôme.

7

La fontaine était toujours éclairée, mais le théâtre et le bâtiment de l'administration étaient plongés dans l'ombre.

Nous avons contourné le bâtiment principal, et quand nous avons été suffisamment proches, j'ai distingué un mince rai de lumière sous l'une des portes. J'ai tenté de l'ouvrir ; elle n'était pas fermée à clé. Après quelques pas à l'intérieur, j'ai vu une autre bande de lumière au bas de l'escalier, en provenance de l'atelier de costumes.

J'ai allumé ma lampe torche et nous sommes descendus ensemble.

Meg a relevé la tête lorsque nous avons poussé la porte. Malgré les néons qui me faisaient mal aux yeux, j'ai bien remarqué à quel point elle avait l'air fatiguée. Elle a retiré une épingle d'un costume et l'a plantée dans la pelote à épingles en forme de fraise posée sur la table. Elle avait les doigts recourbés, comme si elle avait cousu si longtemps qu'elle n'arrivait plus à les tendre. Je ne l'avais encore jamais vue comme ça. Elle travaillait si dur.

J'ai regretté d'avoir volé la bague.

– Alors vous êtes prêts à voir les tunnels ? a-t-elle demandé. Et peut-être un fantôme ?

J'ai simplement hoché la tête, incapable de parler.

– Je vois que vous avez apporté des lampes torches. Bonne idée.

Cela me faisait tout drôle de voir l'atelier de costumes abandonné. Presque autant que de traverser la cour vide. Le monde entier semblait endormi. Parti.

Elle nous a précédés dans le couloir rejoignant la zone des stands. Mais cette fois, elle s'est dirigée vers la porte juste en face et l'a déverrouillée.

– Revenez dans trente minutes. C'est l'heure à laquelle je pars et je dois tout fermer à clé.

– Merci, ai-je dit.

– Merci, a répété Leo.

– Je ne plaisante pas, a-t-elle insisté. Si vous n'êtes pas revenus dans une demi-heure, je rentrerai quand même chez moi. Je vous enfermerai et vous récupérerai demain matin. La galerie des Costumes m'a épuisée et j'ai besoin de dormir.

Leo m'a regardée comme pour me demander si elle le ferait vraiment et j'ai hoché la tête pour répondre que c'était possible. Même si j'en doutais, je n'avais pas l'intention d'être en retard. Je ne voulais pas la décevoir une fois de plus.

— C'est promis, ai-je dit. On ne te fera pas attendre.

8

Nous étions enfin, enfin dans les tunnels.

Les rumeurs selon lesquelles le plafond y était si bas qu'il fallait ramper étaient fausses, même s'il fallait parfois baisser la tête. Nous n'avions pas la place de marcher côte à côte. Alors que nous commencions notre exploration, Leo a balayé le mur avec le faisceau de sa lampe et trouvé un interrupteur. Des néons se sont allumés sur toute la longueur du tunnel principal, mais tout demeurait terne et gris.

Je m'étais imaginé des passages anciens, des poutres en bois pourrissantes, de la terre battue. Un lieu évoquant une mine, peut-être, ou les catacombes de Paris.

Mais ce n'était qu'un couloir étroit à partir duquel partaient d'autres couloirs plus petits. De la peinture gris sale sur les murs. Un sol en ciment, fissuré par endroits. Des tuyaux au plafond.

C'était encore plus sinistre ainsi.

Je pouvais m'imaginer toutes sortes de drames se produisant ici. Des drames anciens. Des drames récents.

J'ai ouvert la bouche pour dire à Leo que j'avais peur, mais il a parlé le premier.

– Tu penses qu'on va la voir ?

J'ai repensé à ce que Meg avait dit. Qu'on ne voyait le fantôme de Lisette qu'à condition de l'avoir vue là en personne. Je comprenais parfaitement. Je voyais Ben et mon père à tout un tas d'endroits depuis leur mort. C'était difficile à expliquer, mais facile à comprendre quand on avait perdu quelqu'un qu'on aimait.

– Je ne sais pas, ai-je répondu.

– Le théâtre est par là-bas, a-t-il repris au bout d'un moment. Tu vois ?

Le mot SCÈNE apparaissait en lettres dorées sur une pancarte en carton noir, accompagné d'une flèche. Les bords du carton se désintégraient et avaient l'air tout doux, comme une éponge.

– Elle pourrait avoir caché la bague n'importe où, a dit Leo. Tu crois qu'on devrait rester dans le tunnel principal ? Ou partir sur un côté ?

– Je sais où est la bague. Je te le dirai quand on arrivera à la scène.

– QUOI ?! Dis-le-moi maintenant !

– C'est Meg qui l'a. Je te raconterai le reste tout à l'heure.

264

– C'est logique, je suppose, a-t-il commenté après un temps de silence.

– Essayons l'un des couloirs latéraux.

Nous avons tourné à gauche et avancé en tâtonnant le long des murs, amassant de la poussière sur nos doigts et dirigeant nos lampes dans tous les sens. Le tunnel se terminait sur un mur en ciment.

– Où menait-il autrefois, d'après toi ? a demandé Leo.

– Je ne sais pas.

Il semblait avoir été bouché des décennies auparavant, avant l'époque de Lisette. J'avais les mains toutes crasseuses.

– Il ne nous reste pas beaucoup de temps, ai-je repris. On devrait peut-être aller là où on sait qu'elle est allée. Dans le théâtre.

– D'accord.

Les acteurs et l'équipe de la pièce devaient avoir emprunté le tunnel principal seulement une heure auparavant, à la fin de la représentation. Pourtant, entre les néons faiblards, les carreaux fissurés, le silence et les craquements, on avait l'impression que personne n'était venu depuis des années.

Nous avons atteint un autre panneau noir aux lettres dorées.

SILENCE, avons-nous lu. REPRÉSENTATION AU-DESSUS.

– On est juste sous la scène, ai-je dit.

Le tunnel s'ouvrait sur un espace plus grand, avec plus de canalisations, une échelle et une porte sur laquelle était écrit LOGE.

– Entrons, a proposé Leo.

À l'intérieur, nous avons trouvé deux miroirs encadrés d'ampoules, cinq chaises, une poubelle, un ventilateur et un minifrigo. Je l'ai ouvert et j'ai vu des bouteilles d'eau du festival, une orange moisie et une barre chocolatée. Quelques tubes de rouge à lèvres, un peigne et un flacon de démaquillant avaient été abandonnés sur une table. Les chaises, de type chaises de bureau de grande surface, avaient l'air neuves, mais les miroirs semblaient anciens. Je me suis penchée vers eux, me demandant quel reflet ils me renverraient.

Seulement le mien. Et celui de Leo.

– Ils se servent sans doute de cette pièce pour les changements de tenue rapides, a dit Leo, puisque les autres loges se situent à l'autre bout du tunnel, près de l'atelier de costumes.

– Je suis sûre que Lisette est entrée ici.

– Ouais.

Il a éclairé tous les coins avec sa lampe torche. Des toiles d'araignée. Des fissures sur le mur. Une pince à cheveux, le couvercle argenté et luisant d'un tube de rouge à lèvres. La pièce vide semblait remplie de souvenirs, mais ils ne nous appartenaient pas. Nous pouvions tout imaginer, mais nous ne pouvions rien savoir.

Nous sommes ressortis et j'ai éclairé l'échelle et le panneau pendu à côté.

TRAPPE.

– Allez, on monte, ai-je dit. Passe en premier.

Sur les barreaux de l'échelle en bois noir, du Scotch blanc captait la lumière pour qu'on puisse voir où on mettait les pieds. J'ai entendu Leo pousser la trappe, qui s'est ouverte sur du noir. J'ai commencé à grimper, tenant ma torche d'une main.

Il m'attendait en haut. Nous sommes sortis sur la scène obscure. Sans un mot, nous avons éteint nos lampes.

Des rangées et des rangées de sièges s'étiraient devant nous.

Ils auraient pu être occupés, ils auraient pu être vides. Il faisait trop sombre pour le déterminer.

– Les acteurs disent que sur scène, les lumières sont si vives qu'on ne voit pas le public, a dit Leo.

Cela devait donc leur faire le même effet qu'à nous, sauf que c'était l'obscurité qui nous empêchait de voir, pas la lumière.

La brise portait encore l'odeur de pluie de la veille, pénétrant par le toit ouvert du théâtre et faisant s'agiter les feuilles sombres derrière nous, celles de la forêt d'Arden.

Lisette devait s'être tenue à cet endroit précis pendant *La Tempête*. Qu'avait-elle vu dans le public ce soir-là, à supposer qu'elle ait vu quelque chose ? Qu'avait-elle vu dans les yeux de Roger Marin ?

– Alors, la bague ? a demandé Leo.

– Je l'ai trouvée à l'atelier de costumes, dans une boîte contenant une partie du costume de Lisette pour l'exposition.

– Et tu as interrogé Meg à ce sujet ?

Je tenais à lui dire la vérité.

– Oui. Mais d'abord, je l'ai volée.

– Tu l'as volée ?

– Je l'ai prise, et je l'ai mise sur le rebord de ma fenêtre.

– Pourquoi ?

– Quelqu'un m'a laissé des objets à cet endroit pendant tout l'été. Pas tous les soirs. Toutes les deux semaines, à peu près. Pendant un moment, j'ai cru que c'était toi. Mais non. Bref, c'est pour ça que j'ai pris la bague. Je l'ai posée sur le rebord de ma fenêtre pour la personne qui me faisait ces cadeaux.

– Tu pensais que c'était Lisette ?

– En quelque sorte.

Je n'avais pas envie de lui dire la vérité. Pas même à lui.

– Est-ce que quelqu'un est venu ?

Que se serait-il passé si Lisette avait fait son apparition, flottant jusqu'à ma fenêtre dans sa robe de Miranda, les yeux brillants ?

Et si Ben était venu, calme, souriant, les cheveux

hérissés sur l'arrière, portant son T-shirt bleu favori, tout doux à force d'être porté ? Aurais-je tendu la main et tenté de le toucher, ou aurais-je été simplement reconnaissante de le voir ?

– Oui, ai-je répondu, mais ma voix ne fonctionnait plus, alors j'ai réessayé. Oui. Miles. C'est lui qui me laissait ces objets.

– C'est gentil de sa part.

– Ouais. Il m'a dit qu'il fallait que je rende la bague. Alors je l'ai fait.

– Est-ce que Meg était furieuse ?

– Un peu. Mais elle nous a laissés venir ici.

– Je sais.

Nous n'avons pas bougé.

« Et si nous pensons être seuls, ai-je pensé, mais qu'en fait des créatures nous observent, tout autour de nous ? Des fantômes dans le public. Des oiseaux hauts dans les arbres. »

J'ai allumé ma lampe torche. Leo m'a imitée.

– Vas-y en premier, lui ai-je dit en désignant la trappe avec le faisceau de ma lampe.

Lorsqu'il l'a ouverte, un peu de la lumière du couloir s'est infiltrée sur scène. Il est descendu. J'ai regardé le sommet de son crâne.

– Une seconde, ai-je lancé. J'arrive tout de suite.

J'ai refermé la trappe et éteint ma lampe.

Je suis restée toute seule sur scène, dans le noir. J'ai fermé les yeux.

– Papa, ai-je dit. Ben.

J'ai rallumé la lampe, mais je ne l'ai pas braquée sur les sièges pour voir qui était là ou non. J'ai juste dit leur nom. Et puis j'ai quitté la scène.

9

Nous avons retrouvé Meg dans la galerie des Costumes.

– J'ai décidé de m'occuper de celui-ci ce soir, a-t-elle expliqué.

J'ai regardé la vitrine contenant le costume de Lisette dans *La Tempête*. Le mannequin portait déjà la robe et la veste. Meg a lissé la manche, sa main s'attardant sur le velours bleu-gris.

– Vous avez trois minutes de retard, a-t-elle ajouté.

– Je suis désolée.

– J'ai créé ce costume pour Lisette. Elle l'adorait.

Elle a fouillé dans sa poche et en a sorti la bague, qu'elle a glissée au doigt du mannequin. Leo a retenu son souffle.

– Ce n'est pas la vraie, vous savez, a-t-elle repris. C'est une réplique.

– Ah bon ?

– Où est la vraie ? a demandé Leo.

Elle a relâché la main du mannequin et fermé la vitrine.

– Je l'ai vendue. C'était ce que Lisette désirait. Elle me l'a donnée juste après la représentation ce soir-là, a-t-elle ajouté en souriant. Elle m'a demandé de la vendre et de donner l'argent à Gary.

– À Gary ? ai-je répété.

– Il est là depuis longtemps, lui aussi. Il travaillait aux stands, à l'époque. C'était son premier emploi. Sa voiture était tombée en panne et il n'avait pas les moyens de la faire réparer. Il adorait cette voiture. Lisette aurait pu rentrer chez elle et lui faire un chèque, bien sûr, mais c'était un coup d'éclat, impulsif, sur le moment. C'était tout elle. Elle a dit qu'il ressortirait au moins quelque chose de bien de son mariage avec Roger.

– Roger est allé la voir à l'hôtel ce soir-là, a rebondi Leo. Vous pensez qu'il l'a tuée ?

– Non, a-t-elle répondu en étudiant la photographie de Lisette au fond de la vitrine. Ce n'était pas son genre. C'était un imbécile et un acteur médiocre, pas un assassin. Il ne la méritait pas. Et lors de ce dernier séjour chez elle, elle s'en est enfin rendu compte. (Son visage s'est assombri.) Quand Lisette savait quelque chose, elle le savait. J'aurais aimé qu'elle ait plus de temps. Pour retomber amoureuse. Pour rejouer.

Je l'ai observée en train de contempler le mannequin et la photo de Lisette. Ce devait être difficile de ravaler ses propres émotions et de refaire vivre l'image et le souvenir de son amie.

Elle s'est détournée et nos regards se sont croisés.

– J'ai vendu la bague, malgré sa mort, et j'ai fait faire cette réplique plus tard, pour la galerie des Costumes. Je voulais que cette exposition témoigne vraiment de sa dernière apparition.

– Est-ce que Gary a pu garder sa voiture ? a demandé Leo.

– Oui. Il était tellement heureux. Je ne lui ai pas dit d'où venait l'argent, bien sûr. J'ai dit qu'il s'agissait d'un ami anonyme. Mais je crois qu'il a compris. (Elle nous a fait les gros yeux.) Gary peut paraître coincé, mais il a travaillé très, très dur pour obtenir ce poste. Et il travaille très dur pour le garder. Il connaît le festival comme sa poche et il l'aime profondément. C'est l'endroit où il a trouvé sa place.

J'ai pensé à Gary, à la façon dont il parlait de l'Angleterre et à son insistance pour que tout soit absolument parfait, et soudain, j'ai compris ce que j'aurais dû comprendre depuis le début. J'ai senti dans ma gorge, dans mes yeux et dans mon cœur que j'étais à deux doigts de pleurer.

Gary était comme Ben.

Pas exactement, mais il lui ressemblait. Et je ne m'en étais pas rendu compte jusqu'à présent parce

273

qu'il était plus âgé, qu'il avait fait du chemin, et qu'on ne saurait jamais si Ben serait allé aussi loin ou s'il aurait trouvé un endroit lui convenant aussi bien que Summerlost convenait à Gary. Nous ne le saurions jamais.

J'ai cligné des yeux et des larmes ont coulé sur mes joues. Je les ai essuyées rapidement.

– C'est son royaume, ai-je dit. C'est l'endroit où il se sent en sécurité.

– Oui, a répondu Meg en me tendant un mouchoir en papier, et j'ai su qu'elle avait compris.

J'ai su qu'elle avait entendu parler de Ben.

– La dernière fois que j'ai vu Lisette, elle a fait quelque chose de gentil pour son ami, a-t-elle repris. Et elle était pleine de vie et prête à aller de l'avant. C'est une belle façon de se souvenir de quelqu'un.

« Je veux trouver une belle façon de me souvenir, aurais-je voulu répondre. Je veux arrêter de pleurer. Je ne veux plus que le monde entier me brise le cœur. »

10

– Pas de fantômes, ai-je dit à Leo alors que nous rentrions chez nous à vélo.

– Ce n'est pas grave, a-t-il répondu en évitant un objet aux airs de mystérieuse grenade argentée, mais qui n'était en réalité qu'une canette de soda.

– Tu aurais aimé voir le fantôme de Lisette ?

– Bien sûr.

J'ai roulé sur une touffe d'herbe sombre et dense sortant d'une fissure dans le bitume.

– Mais au moins, j'ai pu voir les tunnels, a-t-il repris. Grâce à toi.

Nous nous sommes arrêtés devant chez moi. De l'autre côté de la rue, un peu plus loin, la maison de Leo baignait toujours dans l'obscurité.

Nous étions rentrés ou plutôt presque rentrés.

J'ai failli dire « Je suis désolée pour Barnaby Chesterfield », mais je ne voulais pas tout gâcher. Alors je lui ai posé une question.

– Pourquoi m'as-tu demandé de participer à la visite guidée si peu de temps après notre rencontre ? Tu me connaissais à peine.

Il a paru embarrassé.

– Je te trouvais mignonne.

Sa réponse m'a tellement surprise que mon cœur s'est mis à battre plus vite.

– Je pensais que c'était parce que tu avais de la peine pour moi. À cause de Ben et mon père.

– Non. Enfin, j'avais de la peine pour toi, mais je te l'ai proposé parce que je savais que ça fonctionnerait avec toi. Ça n'aurait fonctionné avec personne d'autre.

– Merci.

– Je le pense vraiment. J'avais déjà eu cette idée de visite guidée, mais je ne me suis lancé qu'après t'avoir rencontrée.

Je n'avais pas vu les choses comme ça, mais il avait raison. Ça me faisait du bien d'entendre ça, j'avais l'impression de l'avoir aidé, moi aussi.

Il a inspiré profondément.

– Je voulais te dire quelque chose avant que tu t'en ailles.

– D'accord. Quoi ?

– Eh bien…

L'espace d'un instant, j'ai cru qu'il allait me dire qu'il m'aimait bien, là, sous ce lampadaire, en pleine nuit.

Comment réagirais-je ?

Je l'aimais bien aussi. Il était mignon. Je pouvais m'imaginer l'embrasser. Je pouvais m'imaginer lui tenir la main.

– Je voulais te dire merci. J'ai beaucoup d'amis. Tu l'ignores peut-être, parce que tu as vu Cory et les autres m'embêter au festival, mais au collège, j'en ai beaucoup. Et chez moi, j'ai ma famille. Pourtant, je me sens souvent seul. J'aime les mêmes choses qu'eux, mais j'aime aussi des choses différentes. Alors, quand nous sommes devenus amis, cet été, ça a été génial. J'ai l'impression qu'on se comprend.

J'ai attendu la suite. Mais il s'est arrêté là. « C'est tout ? » ai-je eu envie de demander. Comme il restait planté là sur le trottoir, j'ai remarqué la poussière des tunnels qui maculait son T-shirt noir.

Il m'a souri. J'ai pris conscience que cette déclaration avait beaucoup d'importance à ses yeux.

– J'ai cru que tu allais me dire que tu m'aimais bien, ai-je avoué.

– Je t'aime bien !

– Non, mais je pensais que tu allais me dire que tu voulais sortir avec moi, ou un truc comme ça.

– Mince alors.

Il a de nouveau eu l'air gêné.

– Il y a une minute, tu as dit que tu me trouvais mignonne.

– Oui, c'est vrai. Mais tu n'es pas ma petite amie. Tu es ma complice.

J'ai immédiatement compris ce qu'il voulait dire.

Je le trouvais mignon et il me trouvait mignonne, mais ce n'était pas comme si nous en pincions l'un pour l'autre.

Avec lui, j'avais découvert un nouveau type de relation. J'avais toujours hâte de lui raconter des trucs et j'adorais l'entendre rire à mes blagues et rire aux siennes. Il me donnait l'impression d'avoir une place dans ce monde.

J'avais le sentiment que Leo et moi pourrions nous aimer toute notre vie.

Alors je l'ai serré dans mes bras.

Il était mon complice aussi.

11

Je me suis levée tard parce qu'il faisait sombre dans ma chambre ; nous avions dû condamner ma fenêtre en attendant qu'une nouvelle soit installée. J'ai roulé ma couverture et retiré le drap pour le descendre au rez-de-chaussée. Ma dernière tenue propre m'attendait sur la commode.

Par la fenêtre de la cuisine, j'ai vu ma mère dans le jardin. Elle avait mis des gants de protection et formait un tas avec les petites branches traînant encore après l'opération de nettoyage du grand arbre. La matinée baignait dans une lumière verte et dorée de fin d'été. Nos valises et nos cartons étaient entreposés dans le vestibule, prêts à être chargés dans la voiture.

Je suis sortie pour lui donner un coup de main.

– Je veux que cette partie du jardin soit déblayée, a-t-elle expliqué. M. Bishop m'a proposé de venir chercher les dernières branches et je ne veux pas lui laisser trop de travail, d'autant plus qu'il a déjà été très gentil.

– Je suis sortie en douce avec Leo, hier soir, ai-je avoué en ajoutant quelques branches sur la pile. L'herbe était haute, couverte de rosée. Je n'ai pas regardé ma mère.

– Nous sommes allés au festival. Meg nous a laissés visiter les tunnels après le départ de tout le monde. Je suis désolée. Je sais que j'étais punie, mais c'était notre dernière chance.

J'ai décidé de garder pour moi l'heure tardive à laquelle nous étions partis.

– Ce n'est pas grave, j'imagine, a-t-elle dit avant de sourire et de hausser les épaules devant mon regard surpris. Leo a été un très bon ami. Mais la prochaine fois que tu enfreindras les règles, tu auras de gros ennuis.

– OK.

– Tu as donc pu lui dire au revoir.

– Ouais. Mais on va rester en contact. S'écrire, ce genre de choses.

– Dis-lui qu'on reviendra en décembre, pour les vacances de Noël. Les locataires rentreront chez eux pendant les fêtes.

– D'accord. Tu sais à qui d'autre on devrait écrire ? À ce garçon.

– Quel garçon ?

– Celui que Ben a aidé.

Ses yeux se sont remplis de larmes. La porte de derrière s'est ouverte et Miles est sorti.

– Hé ! vous n'avez pas entendu la sonnerie ?

– Non, a répondu maman. C'était qui ?

– Mme Bishop. Elle a apporté ça. (Il a brandi un pot de confiture.) Elle l'a faite elle-même. Elle m'a demandé de vous dire au revoir de sa part et elle a dit qu'elle garderait un œil sur la maison en notre absence.

– C'est gentil, a dit maman en s'essuyant le front du dos de la main.

– Où est le pain ? a demandé Miles.

– On n'en a plus. Il ne nous reste que des céréales et du lait. On pourra manger un hamburger sur la route pour le déjeuner.

Il a grogné.

– C'est dans trop longtemps.

Il est rentré dans la maison et est revenu avec la confiture, un bol et une cuillère.

– Attends, ai-je dit, tu ne peux pas la manger comme ça !

– Bien sûr que si ! Tu en veux ?

J'ai regardé le pot. La confiture avait une superbe couleur rouge. On aurait dit des rubis en bocal, mais en mieux, parce qu'on pouvait les manger.

– Oui, ai-je répondu.

– Moi aussi, a dit maman.

– Vraiment ? avons-nous demandé en même temps, Miles et moi.

– Vraiment.

Il est alors allé chercher d'autres cuillères et d'autres bols dans lesquels il a versé de la confiture avant de nous les tendre. J'ai retourné la cuillère dans ma bouche pour ne pas en perdre une goutte. Elle avait un goût sucré, généreux. Un goût d'été.

Nous l'avons dévorée en entier. Quand je suis allée laver le pot dans la cuisine, la lumière du soleil s'est reflétée sur ses facettes et on aurait dit un prisme projetant des morceaux d'arc-en-ciel dans toute la pièce. Comme ma fenêtre diamant, avant.

Je suis montée dans ma chambre et j'ai récupéré les objets que Miles m'avait donnés – le tournevis, la brosse à dents, le plan, la cuillère en bois. Je les ai redescendus et je les ai mis dans le pot à confiture.

– Voilà, ai-je dit en ressortant dans le jardin.

– Qu'est-ce que c'est ? a demandé maman.

– Des objets qu'aurait aimés Ben. C'est Miles qui les a trouvés. Il me les a donnés.

– Oh, Miles, a dit maman.

Il avait de la confiture sur la figure.

– Il nous faut quelque chose pour représenter papa, ai-je ajouté.

Maman est allée chercher un bout de bois dans le jardin. J'ai d'abord cru que c'était un fragment de la terrasse, puis j'ai réalisé qu'il venait de l'arbre tombé. L'un des vieux arbres que mon père aurait aimés. Il dépassait la brosse à dents, la cuillère, le tournevis et le plan, telle la plus grande fleur d'un bouquet.

12

Nous avons placé le pot dans le porte-gobelet de la voiture pour le rapporter intact avec nous.

– Je me demande si les vautours reviendront vivre dans notre jardin quand tout sera déblayé, ai-je dit alors que nous reculions dans l'allée.

J'ai tendu le cou pour regarder dehors. Pour essayer d'apercevoir les oiseaux dans le ciel. Ou Leo dans son jardin.

– Peut-être, a répondu ma mère. Je l'espère.

Les bébés oiseaux sont morts dans leur nid.

Lisette est morte dans une chambre d'hôtel.

Mon père et mon frère sont morts dans un accident.

La fin, c'est ce qu'on retient. La façon dont les gens sont morts.

Pourquoi faut-il toujours parler de la fin ? Penser à la fin ?

Parce que c'est la dernière chose qu'on sait sur eux. Et cela nous brise le cœur parce qu'on peut l'imaginer. On n'en a pas envie, et on sait qu'on peut se tromper, mais on le fait quand même. Ces derniers moments nous reviennent sans cesse à l'esprit, éveillés, endormis.

À la fin, tout le monde est seul.

Vous étiez seuls.

Mais pas tout le temps.

Tu marchais d'un pas lourd sur scène, rouge de honte, les genoux flageolants, avec ton short beige, et tu t'es retourné pour regarder ta femme et tes enfants qui riaient et t'encourageaient.

Tu dévalais une pente en roulant sur toi-même. Tu avais pleuré, mais tu souriais désormais. Il y avait de l'herbe sur ton T-shirt et dans tes cheveux et tes yeux brillaient. Je t'ai pris dans mes bras.

Vos derniers moments ont été les pires moments, mais il y en a eu d'autres.

Et des gens vous accompagnaient pendant certains d'entre eux.

Je vous accompagnais pendant certains d'entre eux.

Il y a eu des moments où nous étions tout, tout autour de vous.

ÉPILOGUE

Leo m'a écrit pour me dire que Harley était sortie de sa boîte. Celeste s'étant fait enlever par un membre de la Mafia, personne n'était au courant que Harley était vivante dans sa tombe, et les choses semblaient vraiment mal engagées, car elle devenait de plus en plus faible. Mais alors, Rowan a fait un rêve lui indiquant exactement où aller et comment trouver Harley. Il l'a sauvée, ressuscitée et embrassée, et tout s'est arrangé. Il a fallu attendre le mois de novembre pour en arriver là, et Leo a arrêté de regarder *Les Époques de nos saisons* dès qu'elle a retrouvé sa liberté. Zach enregistre encore la série pour pouvoir la regarder quand il rentre du lycée.

Les parents de Leo lui ont offert le reste de l'argent pour son billet d'avion – en guise de cadeau de Noël anticipé –, et lui et son père sont donc allés voir Barnaby Chesterfield jouer *Hamlet* à Londres. Il m'a appelée à son retour.

– Alors, c'était comment ? ai-je demandé. De côtoyer la grandeur ?

– Génial. Pourtant, le mieux, ce n'était pas la pièce, mais le lendemain. Comme on n'avait rien de prévu, on a passé toute la journée à se promener dans Londres, à admirer des choses et à manger des trucs. Et on ne s'est pas retrouvés une seule fois à court de sujets de conversation.

– Ça devait être super, ai-je dit, et même si j'étais heureuse pour lui, ça m'a fait un peu mal au cœur, parce que j'aurais voulu passer une journée comme ça avec mon père.

Il s'est raclé la gorge.

– Mais la pièce était vraiment bien aussi, a-t-il dit en imitant la voix de Barnaby Chesterfield.

– J'espère qu'il était meilleur que ça, me suis-je moquée.

– Oh oui !

Miles, ma mère et moi déplaçons souvent le pot à confiture. Parfois, il trône au centre de la table de la cuisine. Parfois, sur une étagère de la bibliothèque. Parfois, l'un d'entre nous l'emporte dans sa chambre pendant quelques jours. Quand je le prends dans la mienne, je le pose sur le rebord de ma fenêtre.

Meg m'a envoyé une carte postale imprimée par le festival pour commémorer l'ouverture de la galerie des Costumes. Ils ont choisi le costume de Lisette pour l'illustrer. Au verso, à côté des informations sur les expositions et l'horaire, elle a écrit : *J'espère que tu seras encore bénévole l'été prochain. On mettra les bijoux à l'abri.*

Ça m'a fait rire.

La famille du garçon que Ben a aidé nous a aussi envoyé une lettre. Ma mère l'a posée sur le comptoir avec un tas de courrier. Elle est là si nous voulons y jeter un coup d'œil. Quand nous mangeons nos céréales le matin. Quand nous ne dormons pas la nuit.

Il s'appelle Jake et il a dix ans, des cheveux châtains et un maillot de foot d'une équipe européenne sur laquelle mon père aurait été incollable. Il serait resté longtemps sans rien voir s'il était devenu aveugle à l'âge de dix ans, surtout si sa vie doit durer très longtemps.

Je pense beaucoup à l'été dernier, et à ceux qui l'ont précédé.

Je revois Meg en train de coudre dans l'atelier de costumes, se souvenant de son amie. Leo penché en avant pour regarder une pièce dans le théâtre, au crépuscule. Ma mère en train de construire une terrasse, le soir, pendant que les oiseaux se reposent dans l'arbre. Miles mangeant des Boules de Feu et jouant à Destins et laissant des objets sur le rebord de ma fenêtre.

Mon père m'appelant pour me dire que c'est l'heure de notre feuilleton préféré.

Ben assis pieds nus sur la véranda de derrière, en train de déguster un sorbet arc-en-ciel tout en contemplant les montagnes où il aimait aller skier.

J'ai côtoyé beaucoup de grandeur. Et de personnes que j'aimais et qui m'aimaient en retour. Ce qui pourrait bien revenir au même.

REMERCIEMENTS

À certains égards, ce roman a été facile à écrire ; à d'autres, il s'agit de l'œuvre la plus difficile de ma carrière. Je suis très reconnaissante à ceux qui l'ont rendue possible. Les questions et commentaires pertinents et déchirants de Calvin m'ont donné l'idée de cette histoire. Mon mari, Scott, et nos quatre enfants m'ont donné le temps et le cœur de l'écrire.

Mes grands-parents, Alice Todd et Royden C. Braithwaite, ont joué un rôle essentiel dans le développement et l'épanouissement d'un festival très similaire à Summerlost, ainsi que dans mon développement et mon épanouissement. Elle m'a donné de la poésie à lire, m'a appris à faire de la pâtisserie, et elle avait le plus beau rire du monde. Il me racontait des histoires de sa voix grave, m'emmenait à des « rendez-vous » galants et s'asseyait souvent sur le banc devant la maison, près des roses, pour m'accueillir quand je rentrais de l'école. Ils me manquent tous les jours.

Justin Hepworth était exactement l'ami dont j'avais besoin en cinquième et il continue, depuis, à être présent pour moi et ma famille. Je dois aussi beaucoup à Lindsay Hepworth, l'une de mes colocataires lors de mes études à Londres, pour son amitié et son soutien indéfectibles.

Ce livre n'existerait pas sans Krista Lee Bulloch, mon amie depuis le collège, ma camarade de chambre à la fac et une guide extraordinaire qui nous a fait visiter les tunnels, à mon fils aîné et moi, avant de déguster avec nous une pomme de terre au four dans la cour.

Fred Adams, qui vivait dans le quartier où j'ai grandi, à Cedar City, en Utah, a créé le célèbre Utah Shakespeare Festival ; c'était un bon ami de mes grands-parents. Fred et sa femme, Barbara, ont énormément donné à notre communauté. Fred a dirigé le festival pendant plusieurs décennies et continue inlassablement de travailler à son bon déroulement, et je connais de nombreuses personnes dont les meilleurs souvenirs estivaux comprennent son superbe sourire et son « bonjour » facile.

Mon agent Jodi Reamer et moi-même avons échangé, pendant l'écriture de ce livre, de nombreux mails à propos de séjours à Disneyland et des meilleurs bonbons industriels. C'est une amie très chère, drôle et pleine d'énergie, ainsi qu'un mentor et une porte-parole de confiance. Merci aussi à la formidable équipe de Writers House, en particulier à Alex Shane et Cecilia de la Campa.

Mon éditrice, Julie Strauss-Gabel, a accepté ce roman alors même qu'il se démarquait des autres et, comme toujours, l'a amélioré grâce à ses questions et à ses commentaires, à ses conseils et à sa perspicacité. C'est un honneur de travailler avec elle.

Il s'agit de mon cinquième livre avec l'équipe de Penguin Random House, et j'ai bien conscience de ma chance. Ce sont des personnes passionnées par les livres et les lecteurs et c'est un privilège de faire partie de leurs auteurs. Un grand merci à Don Weisberg, Shanta Newlin, Anna Jarzab, Theresa Evangelista, Melissa Faulner, Jen Loja, Felicia Frazier, Rosanne Lauer, Lisa Kelly, Emily Romero, Erin Berger, Erin Toller, Carmela Iaria et Nicole White.

La magnifique illustration de couverture a été conçue par Jennifer Bricking et sa maquette réalisée par Theresa Evangelista. J'ai beaucoup de chance que deux artistes aussi talentueuses aient été associées à ce projet. J'adresse tout mon amour et ma reconnaissance à ma communauté d'auteurs et de lecteurs, de professeurs et de libraires. Un remerciement tout particulier au groupe de Rock Canyon, à Denise Lund, à The King's English Bookshop, à la bibliothèque de Provo, à la bibliothèque d'Orem et à Megan O'Sullivan de Main Street Books à Cedar City.

Et à vous tous, mes lecteurs, partout dans le monde, merci de donner à mes histoires la chance d'exister et de m'écrire pour me raconter les vôtres. Merci aussi à Noelle Eisenhauer, qui a lu mon manuscrit et m'a aidée à rendre mes personnages vraiment vivants et authentiques.

Je veux aussi exprimer ma profonde gratitude à tous ceux qui travaillent avec des enfants souffrant de troubles neurologiques (et en particulier aux incomparables Holly Flinders, Holli Child, BreAnna Moffatt, Sue Lytle, Dawn Gummersall, Ryanne Carrier, Amy Ericson Jones, Sheila Morrison et Amy Worthington). Un remerciement spécial à Aubrey Mount, Jordan Worthington et Kyra Ward, qui sont de vrais amis et des âmes sages. Et mon amour et mon admiration les plus profonds à tous ceux qui vivent des épreuves tous les jours et qui continuent d'avancer.

ALLY CONDIE
L'auteur

ALLY CONDIE est américaine. Elle est l'auteur de la trilogie best-seller internationale *Promise*, publiée dans plus de trente langues, et d'*Atlantia*.
Ancien professeur d'anglais, elle se consacre aujourd'hui à l'écriture et vit avec son mari et ses quatre enfants près de Salt Lake City, dans l'Utah.
Elle adore lire, écrire, courir et écouter son mari jouer de la guitare.

Du même auteur chez Gallimard Jeunesse

Promise - 1
Insoumise - 2
Conquise - 3
Atlantia

Découvrez *Promise,*
la fascinante trilogie d'Ally Condie

Promise, tome 1

Dans la Société, les Officiels décident.
Qui vous aimez.
Où vous travaillez.
Quand vous mourez.

Cassia a toujours fait confiance. Quand elle apprend qu'elle est promise à son meilleur ami, tout semble parfait. Jusqu'à une toute petite erreur du système, qui ne dure qu'une seconde. Une seconde qui suffit à plonger Cassia dans un dilemme impossible : Xander ou Ky, la vie qu'elle connaît ou la route inexplorée, les certitudes ou l'amour qui finalement décidera pour elle.

Également disponible au format poche dans la collection Pôle Fiction

Insoumise, tome 2

Hors de la Société, les règles sont différentes.
Chercher la vérité.
Reconnaître l'amour.
Découvrir la liberté.
Une rébellion est en marche...

Cassia enfreint les règles de la Société et part à la recherche de Ky. Trahison, rébellion, un parcours semé d'embûches dans les grands canyons du Labyrinthe...
En alternant les voix de Cassia et Ky, Ally Condie plonge dans l'intimité de ses personnages. Aux confins de la Société, rien ne se passe comme prévu : doubles jeux et trahisons rendront leur parcours plus périlleux que jamais.

Également disponible au format poche dans la collection Pôle Fiction

Conquise, tome 3

La vie
L'amour
Seront-ils possibles
Si la Société disparaît ?

Dans ce dernier volet, dense et palpitant, une épidémie ravage la population... Le Soulèvement tente de sauver une liberté à laquelle plus personne ne croyait. Pour Cassia, Xander et Ky, c'est enfin le moment de choisir.

Également disponible au format poche dans la collection Pôle Fiction

Avez-vous lu *Atlantia*, un autre roman d'Ally Condie?

Entendez-vous Atlantia respirer?

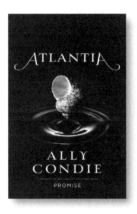

Rio n'a qu'un rêve : quitter la cité sous-marine pour rejoindre sa sœur jumelle à la surface de la terre. Pourtant, elle est peut-être la seule à pouvoir sauver Atlantia des dangers qui la menacent. Guidée par son amour naissant, saura-t-elle écouter les voix du passé et révéler les vérités enfouies ?

Également disponible au format poche dans la collection Pôle Fiction

Mise en pages : Maryline Gatepaille

Loi n° 49-956 du 16 juillet 1949
sur les publications destinées à la jeunesse
ISBN : 978-2-07-060144-8
N° d'édition : 300904
Dépôt légal : avril 2017

Imprimé en Italie par 🦁 Grafica Veneta S.p.A.